T. 3205. pé
A

3205
A

DE L'INFLUENCE

DES PASSIONS,

SUR LES MALADIES

DU CORPS HUMAIN.

DE L'INFLUENCE
DES PASSIONS,
SUR LES MALADIES
DU CORPS HUMAIN,

Par M. WILLIAM FALCONER, Docteur en Médecine, Membre de la Société Royale de Londres, et Correspondant de la Société de Médecine de la même Ville.

Dissertation qui a obtenu, en 1787, la première Médaille fondée, en l'honneur du Docteur FOTHERGILL, dans la Société de Médecine de Londres.

Traduit de l'Anglois par M. DE LA MONTAGNE, Docteur en Médecine.

Avec beaucoup de Notes du Traducteur.

A PARIS,

Chez

KNAPEN Fils, rue Saint André, en face du Pont Saint Michel.

MOMORO, Libraire, rue de la Harpe, N°. 160.

1788.

INTRODUCTION.

COMME la dissertation qu'on publie aujourd'hui à obtenu la première Médaille, fondée dans la Société de Médecine de Londres, en l'honneur du Docteur Fothergill (1); la lettre suivante servira à faire connoître l'origine de cette *Fondation*.

A LA SOCIÉTÉ DE MÉDECINE DE LONDRES,

MESSIEURS;

CONSERVER *la mémoire des hommes illustres par quelque monument durable, c'est non seulement faire une action agréable à leurs parents et à leurs amis, mais encore exciter dans toutes les classes de la Société une émulation louable, qui porte leurs Contemporains, et ceux*

(1) C'est ce Docteur Fothergill dont M. Mercier, dans son Tableau de Paris, cite l'Epitaphe si simple et si frappante.

« Ci gît le Docteur Fothergill, qui dépensa deux cents » mille guinées pour le soulagement des malheureux » *Note du Traducteur.*

A

qui viendront après eux, à tâcher d'imiter les vertus & les talents de ces grands personnages. C'est l'assemblage de ces rares qualités qui consacre à la postérité la plus reculée, le nom du Docteur Fothergill, en mémoire de qui j'ai fait frapper une Médaille, dont je prie la Société de Médecine de Londres de vouloir bien disposer. Cette Médaille, de la valeur de dix guinées, sera appellée, la Médaille de Fothergill, et sera donnée tous les ans, le 8 Mars, à l'Auteur de la meilleure Dissertation, sur un sujet de Médecine ou d'Histoire naturelle, proposé par la Société.

Quant à ce qui regarde la manière de proposer les questions, et de juger du mérite des Mémoires qui seront présentés, je m'en remets entièrement à la Société, bien persuadé, par l'opinion que j'ai de l'impartialité et des connoissances qui distinguent les Membres dont la Société est composée, que l'équité la plus sévère présidera à leurs jugements, et qu'ils ne négligeront rien pour le progrès de la Médecine en particulier et de la Physique en général, le seul motif qui me porte à solliciter l'agrément de la Société pour la Médaille de Fothergill.

JOHN COAKLEY LETTSOM.

Londres, 25 Mai 1784.

RÉPONSE DE LA SOCIÉTÉ DE MÉDECINE,

A LA LETTRE DU DOCTEUR LETTSOM.

4 Juin 1784.

Monsieur,

La Société de Médecine a tenu une assemblée particulière pour examiner la proposition que vous lui avez faite d'une Médaille, dite Médaille de Fothergill, pour être distribuée tous les ans, au choix et sous la protection de la Société.

J'ai ordre de vous informer, Monsieur, que cette offre libérale de votre part, a obtenu l'accueil et l'approbation que méritoit une faveur aussi distinguée.

La Société, sensible à l'intérêt que vous prenez à sa réputation, et aux avantages qui doivent résulter d'un tel établissement, me charge de vous présenter ses remercîments unanimes.

par ordre de la Société,

Wm. WOODVILLE, Secrétaire.

A ij

RÉGLEMENT

CONCERNANT LA MÉDAILLE.

« 1°. LA Médaille sera donnée tous les ans à l'Auteur de la meilleure Dissertation sur un sujet proposé par la Société, auquel les Savants de tous les pays seront invités à travailler.

2°. On remettra au Secrétaire de la Société une copie lisible de chaque Dissertation, écrite en Latin, Anglois ou François, au moins deux mois avant l'assemblée où l'on adjugera la Médaille.

3°. On joindra à chaque copie un billet qui contiendra une devise avec le nom & les qualités de l'Auteur. La même devise sera mise à la tête de la Dissertation.

4°. Il y aura un comité destiné à l'examen des Mémoires, et qui adjugera la Médaille. Ce comité sera composé des Membres qui forment le conseil de la Société, & de ceux que la Société voudra leur adjoindre, & leur jugement sera définitif.

5°. La Médaille sera adjugée le 8 Mai, jour de la naissance du feu Docteur Fothergill. La première Médaille sera donnée dans l'année 1786.

6°. Les Auteurs ne se feront point connoître, pour que le comité puisse juger d'une manière impartiale du mérite des Ouvrages.

7°. A l'exception de la Dissertation couronnée, on rendra toutes les autres sans ouvrir le billet cacheté, dès qu'on en sera requis par les Auteurs ».

La Société de Médecine proposa pour sujet du premier prix une question intéressante, ce qui produisit deux Dissertations, à l'une desquelles , dont l'Auteur étoit le Docteur Falconer, Médecin de Bath (1), on adjugea la médaille de Fothergill.

(1) Ce mot qui signifie *bain* en Anglois, est le nom d'une ville aussi fameuse en Angleterre, par ses eaux minérales, que Spa l'est en Allemagne, et Bareges en France. On y va pour prendre les eaux et pour jouer, & l'on en revient souvent, l'estomac et la bourse également évacués. *Note du Traducteur.*

Le 6 Juin 1787 fut le jour fixé pour annoncer
dans une assemblée publique de la Société,
le jugement qui avoit été rendu, & pour délivrer la Médaille à l'Auteur couronné. Le
Docteur Falconer, qui se trouva heureusement
à Londres dans cette circonstance, se rendit à
l'assemblée, où le Docteur Lettsom prononça
le discours suivant.

« La pratique de la Médecine, dans un sens
étendu, est exercée dans ce pays par les
Médecins, les Chirurgiens & les Apothicaires ;
car quelque indépendante qu'une de ces profes-
sions puisse être des autres, la coutume a établi
un rapport entre elles, qui fait que chacune est
une partie constituante du même corps ».

« La Pharmacie, dans un sens littéral, est
l'art de préparer les médicaments. Il est naturel
d'inférer delà que ceux qui sont versés dans
la composition des remèdes, peuvent être
capables de les appliquer. Une opinion popu-
laire a donné accès dans la chambre des malades
aux Apothicaires, lors de la première invasion
de la maladie. C'est pourtant alors que le
ministre de la santé a le plus de besoin de son

expérience et de sa sagacité, n'ayant pour se guider que des symptômes encore incertains et variables ».

« La Chirurgie, qui renferme les opérations de la main, & le traitement des maladies par des applications extérieures , a pris de nos jours beaucoup plus d'étendue, & réunit à l'art d'opérer une pathologie chirurgicale beaucoup plus développée que ci-devant ».

« Plusieurs célèbres Médecins, dans le siècle présent, ont commencé par pratiquer l'une ou l'autre de ces deux parties de l'art de guérir, & leur admission dans les Sociétés littéraires, n'a point diminué l'éclat et la dignité de ces institutions ».

« Pour favoriser en tous points les progrès de la Médecine, cette Société a été composée de Médecins, de Chirurgiens et d'Apothicaires qui se sont réunis, pour la première fois, en l'année 1773, sous le titre de *la Société de Médecine de Londres*. Les Ouvrages qu'elle a publiés depuis son établissement, ont bientôt démontré son utilité. Pour aiguillonner les talents, la Société a résolu de donner chaque

A iv

année une Médaille d'argent à l'Auteur du meilleur mémoire qui lui sera communiqué ».

« Dans la vue d'animer encore davántage
l'émulation, elle s'est aussi engagée à donner
tous les ans une Médaille d'or de la valeur de
dix guinées, nommée *la Médaille de Fothergill*,
en mémoire de l'illustre Docteur *Fothergill*, à
l'Auteur de la meilleure Dissertation sur un
sujet proposé par la Société. En conséquence,
elle a désigné pour sujet de la première Médaille la question suivante ».

« Quelles sont les maladies qu'on peut adoucir
ou guérir, en excitant dans l'ame des affections
ou des passions particulières ».

« Parmi les mémoires qui ont été présentés
sur ce sujet, on a adjugé le prix à l'Auteur
d'une Dissertation, qui a pour devise : »

Εοικε δε τα της ψυχης παθη παντα
Ειναι μετα σωματος (1).

(1) Le sens de cette devise grecque est, « il nous a
paru que toutes les passions de l'ame venoient du corps »
C'est une suite de l'axiome admis universellement, *nihil
est in intellectu quod non prius fuerit in sensu.* Note du
Traducteur.

« L'homme doué par la nature , de facultés sensitives , ayant les organes des sens encore perfectionnés par l'expérience et la civilisation , reçoit de son ame des impressions momentanées qui deviennent le principe de ses actions , lesquelles sont proportionnées à la force de l'impulsion et à l'irritabilité des organes matériels qui le constituent »,

Personne , pour peu qu'il soit sensible , n'ignore l'influence des passions et des affections humaines. Elles se mêlent à toutes les actions de la vie ; ce sont elles qui forment nos jouissances dans tous les âges et dans toutes les conditions. Leurs effets ne peuvent se dérober à l'œil de l'observateur , et l'expression des traits de la physionomie découvre l'émotion du cœur et le trouble de l'ame ».

Le Médecin qui exerce la pratique de la Médecine, ne peut se dispenser d'étudier l'Anatomie de l'ame , ainsi que celle du corps. Quelques difficultés qu'offre cette science , elle est trop liée avec la nature métaphysique de l'homme, et avec toutes ses actions morales , pour qu'elle puisse être négligée par ceux qui se sont fait un devoir d'acquérir la plus belle des connoissances, la connoissance de soi-même ».

« Je m'étois proposé de remonter à la source des passions , de décrire leurs effets dans l'état de santé , et leur influence dans les maladies qu'elles produisent ou qui en sont indépendantes. Pour accomplir ce projet, j'avois consulté les Auteurs de l'antiquité, sacrés et profanes; mais la quantité des matériaux est devenue si grande, que j'ai trouvé impossible de les proportionner au temps que durent vos séances, et ne me suis point trouvé assez de loisir pour les mettre en ordre. Je me suis donc réduit à prendre mes matériaux dans un seul volume, le monument historique le plus ancien et le plus instructif. Les passions y sont si bien dépeintes, qu'un homme exercé à méditer, peut, d'après les tableaux que ce livre présente, observer les passions dans leur origine, en suivre les progrès et découvrir leur influence. On voit leur activité se déployer aussitôt après la naissance du premier homme. La honte, cette passion qui s'empare de l'ame dès le moment qu'elle a la connoissance du crime dont elle s'est souillée, a suivi cette terrible interrogation faite à notre premier père, *Adam, où êtes-vous ?* La dissimulation, passion indigne d'un esprit généreux, et qui est le résultat de la crainte mêlée avec la honte, paroît dans la manière dont Adam cherche à se disculper : *« elle m'a donné du fruit de l'arbre et j'en ai mangé».* L'historien sacré, qui a vécu jusqu'à l'âge de cent dix ans, étoit mort cinq ans avant que les fondements de Troye fussent posés par Scamandre, et par conséquent plusieurs siècles avant qu'Homere peignit la colère d'Achille. C'est donc lui, qui le premier a représenté l'horrible transport de la colère dans le premier fils d'Adam, qui offre un exemple affreux du courroux le plus implacable. On voit la haine religieuse, qui porte un frère à massacrer son frère, précédée par une basse jalousie que lui inspire le mérite supérieur d'Abel, exprimée par une contenance morne et abattue, et punie par la justice suprême qui prend le cœur pour juge de l'énormité d'une telle action, en prononçant ces paroles qui font frissonner de terreur. — *Qu'as-tu fait ? La voix du sang de ton frère sort de la terre, et s'élève jusqu'à moi».*

« On voit régner ensuite les passions les plus injustes; on voit l'influence de la prévention dans un père et dans son épouse, les basses insinuations et la trahison (1). L'avarice qui caractérise un frère forme un contraste frappant avec la générosité de l'autre frère à qui il a fait une injure ; celui-ci, après que les premiers transports de la colère ont été calmés par le temps, « *court au-devant de l'autre, l'embrasse, se penche sur son cou, et pleure en le serrant dans ses bras* (2) ». Peut-être il n'y a rien au-dessus de ce tableau pour la force du coloris, et l'expression des passions les plus violentes et les plus tendres. L'impression qu'il fait n'est pas inférieure à celle que produit le tableau des Hébreux à la cour de Pharaon, ou celui de l'amitié passionné, qui unissoit Achille à Patrocle ».

« J'ai déjà fait connoître que mon dessein étoit de suivre les anciens dans la description qu'ils font des passions humaines, pour descendre ensuite par dégrés jusqu'aux Auteurs les plus modernes. Il y a peu de sujets d'une plus grande importance dans l'histoire de la Méde-

(1) C'est l'histoire d'Esaü et de Jacob, qui profita de la faim dont son frère étoit pressé, pour se rendre maître du droit d'aînesse, *et lui vendit ses lentilles en juif,* comme a dit Voltaire. *Note du Traducteur.*

(2) Gen. ch. XXXIII, ver. 4.

cine. On en sera convaincu lorsqu'en fixant
son attention sur cet objet, on aura vu que la
moitié des maladies auxquelles nous sommes
sujets, sont occasionnées par l'influence des
passions sur le physique de l'homme, ce qui
nous conduit à l'objet de la dissertation qui a
remporté le prix, où l'on examine quels sont
les effets que les passions produisent sur les
maladies dont elles sont la cause, ou qui en
sont indépendantes ».

« Dans l'état de santé, la manière dont les
passions de l'ame opèrent sur le corps est
aussi variée qu'étonnante ; quelques-unes excitent, d'autres affoiblissent le principe de vie.
Celles-ci, par une secrète réaction des facultés
de l'ame, acquièrent une nouvelle influence,
entièrement indépendante de leur première
impulsion. C'est ainsi que la colère, dont nous
avons déjà fait mention, qui accélère le mouvement du sang et détermine l'impétuosité de
son cours vers la tête et vers les parties supé-
rieures, est une des passions les plus violentes
dont l'ame puisse être agitée. Les yeux brillent,
la rougeur couvre le visage (1), la langue

(1) La colère s'annonce aussi par un effet tout opposé.

s'épaissit et ne prononce qu'en bégayant. Des vomissements bilieux, une salivation copieuse, sont souvent la suite de cet état, qui produit aussi très-fréquemment l'apoplexie, la pleu-résie, les hémorrhagies, la phrénésie, ou une fièvre violente. Ce transport de l'ame, qui met en jeu toutes les forces du corps, est souvent suivi de foiblesse, de langueur et d'abattement; et cet océan agité avec tant de tumulte, tombe dans le calme le plus silencieux ».

« Dans la passion opposée qui est plus tranquille et qu'on nomme *douleur*, le cœur est comme oppressé par un fardeau; la circu-lation des fluides est languissante, les solides sont relâchés, l'appétit est émoussé et la diges-tion se fait mal; les joues deviennent pâles et les yeux perdent leur éclat; de profonds soupirs

Descartes, dans son Traité des Passions, 3e partie, article C. C. dit, « on en voit qui pâlissent, ou qui tremblent lorsqu'ils se mettent en colère... On juge ordinairement que la colère de ceux qui pâlissent est plus à craindre que celle de ceux qui rougissent ». La raison qu'en donne ce grand Philosophe est très-ingénieuse, et paroît très-vraisemblable. C'est, dit-il, l'excès de vengeance auquel on se résoud alors, et dont on ne peut envisager les suites sans crainte et sans tristesse. *Note du Traducteur.*

sortent lentement de la poitrine, les forces
sont épuisées, les sécrétions et les excrétions
se font d'une manière irrégulière. Cet état de
l'ame produit souvent la passion hystérique,
le mal hypochondriaque, l'hydropisie, la
consomption (1) et le marasme. Mais la douleur, dans son excès, imite les efforts violents
de la colère, et se termine souvent par la
phrénésie, l'apoplexie, la manie et le suicide ».

« L'amour, la passion la plus universelle et
la plus agréable de celles que l'homme éprouve,
n'a ordinairement ni la violence de la colère,
ni l'abattement de la douleur, et peut être

(1) C'est dans le poumon que le sang acquiert principalement ces qualités vivifiantes qui le rendent propre à
animer la machine et à fournir la matière des principales
sécrétions. Tout ce qui nuit au jeu de cet organe si essentiel
à la vie, cause un dépérissement dans tout le corps. La
vapeur du charbon, qui contient, comme on le sait, un
acide sulfureux, en crispant les vésicules bronchiales,
empêche qu'elles ne se dilatent suffisamment, et fait languir
la circulation dans le poumon. Delà la consomption,
maladie si commune à Londres, où l'on ne brûle que du
charbon. J'ai vu un Teinturier réduit au dernier état de
marasme; sa salive faisoit effervescence avec les alkalis,
comme l'acide vitriolique, dont toutes ses humeurs parois-
soient imprégnées. *Note du Traducteur*.

considéré comme une passion tempérée. Mais
dans ses vicissitudes et ses excès , elle devient
aussi impétueuse que la colère , ou tombe
dans l'abattement qui caractérise la douleur ;
c'est sous ces deux aspects qu'elle s'offre dans
la fureur qui animoit la femme de Putiphar
contre Joseph, ou dans la tendre inquiétude
de Ruth à l'égard de Booz. Dans l'amour, et
sur-tout dans l'amour heureux , le cœur palpite
de plaisir , un air de vivacité brille sur tous
les traits, les yeux sont brillants ; le langage
devient plus animé, et la vigueur du corps est
augmentée. Mais quand cette passion a pris
une entière possession du cœur et de l'ame , et
que l'amant doute que son affection soit payée
de retour , alors il pousse des soupirs involon-
taires. Chaque incident qui peut exciter son
émotion, sur-tout les tendres mouvements de
la sympathie, agitent violemment son cœur.
La rougeur se répand sur son visage, sa voix
est foible , languissante et interrompue. Sa poitrine s'élève et s'abaisse comme la surface des
flots qui cède au souffle des vents. Il a les re-
gards abattus et l'air pensif. Il recherche la
solitude et l'ombre qui favorise ses tendres
rêveries. Son grand plaisir est de se livrer aux
douces émotions de la pitié , et d'exprimer les
sentiments

séntimens dont son cœur est rempli. Enfin , son visage devient pâle et maigre, ses yeux s'enfoncent, il perd l'appétit ; des rêves effrayants troublent son sommeil. La mélancolie , le désespoir et la manie terminent souvent cet état douloureux ».

« Si l'homme en parfaite santé est ainsi sujet à l'influence des passions , combien leurs effets doivent-ils être plus marqués , lorsque sa vigueur naturelle ne soutient plus une machine livrée aux assauts de la maladie ! La Société a montré une grande sagesse en proposant une question si essentiellement liée à nos intérêts et à nos facultés, et si propre à développer les talents et les connoissances d'un homme de l'art : il n'y en a point de plus capable de rappeller les vertus de l'illustre Médecin en l'honneur de qui la Médaille a été fondée. L'humanité , qui forme l'essence du caractère d'un Médecin, cette sensibilité qui doit l'identifier avec les maux de ses semblables , a-t elle jamais brillé avec tant d'éclat et un mélange si intéressant de tendresse et de dignité , qu'elle a paru dans l'homme rare dont nous célébrons aujourd'hui la mémoire ?

« La sagacité qui fait distinguer au Médecin

B

la véritable nature des diverses maladies, le
jugement qui le dirige dans l'application des
remèdes, sont le résultat ordinaire de l'érudi-
tion et de l'expérience. Le Docteur Fothergill
réunissoit à ces qualités essentielles ces manières douces et consolantes si chères aux
personnes qui languissent dans l'affliction, et
qui suspendent le sentiment de leur douleur.
Les malades, en le voyant s'approcher d'eux,
croyoient voir un ange tutélaire (1). La
confiance se ranimoit dans leur cœur ; leur

(1) La confiance que le malade a dans son Médecin
est déjà la moitié de sa guérison. S'il est frappé de terreur, il
est à demi-mort. Un Médecin, comme un Général d'armée,
comme un Pilote, doit être calme au milieu du danger,
montrer une physionomie assurée, parler d'une voix ferme.
On observe que les malades ont une sagacité singulière
pour interpréter les discours et les moindres gestes de ceux
qui les environnent, et sur-tout de leur Médecin. Dans les
moyens de l'art de guérir, on ne fait pas assez entrer tout ce
qui agit directement sur l'imagination des malades; on ne
s'occupe pas assez du soin de leur épargner des impressions
désagréables. Les Médecins, sans rien perdre de la gravité
de leur profession, n'auroient-ils pu adopter un costume
moins lugubre? Enfin dans ces moments où l'on est obligé
de recourir à nos mystères, ne pourroit-on pas, sans
blesser l'esprit d'une religion toute consolante, donner à ces
cérémonies un aspect moins effrayant ? *Note du Traducteur.*

ame abattue reprenoit son énergie ; et redon-
hoit au principe vital une activité assez efficace
pour surmonter la cause de la maladie ».

« Dans les Ouvrages de philosophie, on
nous apprend que *l'homme n'est pas né pour lui
seul*; mais quel est dans les Ecoles modernes
le disciple qui conforme exactement ses actions
à ce principe? Avec une pratique très-étendue
qui lui laissoit à peine le temps de satisfaire
aux besoins de la vie, le Docteur Fothergill
s'étoit fait un revenu considérable ; et, il faut
le dire à l'honneur de sa mémoire, il est mort
pauvre. C'est qu'il pratiquoit réellement la
maxime que je viens de rapporter. Il n'étoit
pas né pour lui seul ; bien loin de cela, il ne
vivoit que pour les autres ».

« Si je m'étendois davantage sur ce sujet,
je satisferois vos desirs et la reconnoissance
qui pénètre mon cœur ; mais l'importance de
vos occupations et l'objet de cette assemblée
exigent que je termine mon discours pour
délivrer la Médaille de Fothergill ».

« Il est un personnage éminent dans ce
Royaume, qui s'est acquis l'affection du peuple
par l'assemblage de toutes les vertus, comme
il mérite notre respect par son rang suprême.

La Société a eu l'honneur de lui présenter la première Médaille d'or. Ses rares qualités, et la protection qu'il accorde aux Arts et aux Sciences lui donnent le droit le plus légitime à cette distinction. Pour exprimer les vertus qui rendent sa personne recommandable, indépendamment de sa dignité, il auroit fallu entrelacer sur le revers de la Médaille l'olive civique avec les lauriers de la couronne. La manière gracieuse dont notre Souverain a daigné accepter cette Médaille, doit exciter en nous la plus vive reconnoissance ».

« Avant que de délivrer la Médaille adjugée à la dissertation qui a remporté le Prix, permettez-moi de rappeller ici une circonstance que la solemnité de ce jour me rend bien chère. Plusieurs années avant de connoître personnellement l'Auteur que vous venez de couronner, j'avois le bonheur de jouir de sa correspondance. Je tâchai de me procurer cet avantage, à la sollicitation du feu Docteur Fothergill, qui m'informa alors de la satisfaction qu'il goûtoit lui-même dans ce commerce épistolaire. C'est à ce savant et habile Médecin, ami du Docteur Fothergill, que j'ai dans ce jour le plaisir d'être chargé de remettre la première Médaille qui lui a été adjugée d'une voix unanime par la Société de Médecine de Londres. C'est au nom de ladite Société et par ses ordres que je présente cette Médaille au Docteur William Falconer, comme un tribut dû à son mérite et aux profondes connoissances qu'il a montrées dans son excellente Dissertation ».

Le Docteur Falconer qui se trouvoit alors présent, ayant reçu la Médaille, adressa à la Société le Discours suivant :

« MESSIEURS,

« Je ne m'efforcerai point de cacher les sentiments dont mon cœur est rempli, en recevant de vous ce gage flateur de votre approbation. Cette marque de distinction m'est d'autant plus chère et plus honorable, qu'elle m'est accordée par des personnes dont les lumières et l'impartialité sont universellement reconnues, et que c'est le premier produit d'une institution destinée, non pas à conserver la mémoire d'un illustre personnage, car elle n'en a pas besoin; mais à exciter l'émulation publique en lui proposant un tel modèle à imiter, qui est si fort au - dessus de mes foibles éloges. Dès mon

début dans la pratique de la Médecine,
j'eus le bonheur de faire sa connoissance.
J'étois alors dans un âge où, comme vous le
savez, l'ame est ouverte aux plus tendres impressions, et sur-tout au plus noble des sentiments, celui de la reconnoissance. Alors le
Docteur Fothergill m'offrit de la manière la
plus gracieuse son amitié et sa correspondance.
Je saisis avec transport l'occasion de jouir d'un
tel avantage, et notre amitié a continué jusqu'à
la mort de ce grand homme. Si j'ai quelques
connoissances dans la pratique de la Médecine,
c'est à lui principalement que j'en suis rede-
vable. Quelles douces sensations n'éprouvé-je
pas en voyant sa mémoire honorée par une
institution si noble, et si propre à exciter les
vertus et les talents qu'il a toujours cherché
à encourager par toutes sortes de moyens tant
qu'il a vécu. Que ce foible hommage rendu
au souvenir de ses vertus puisse produire une
généreuse émulation dans toute l'assemblée, et
puissé-je moi-même, encouragé par l'honneur
que je viens de recevoir, poursuivre d'un pas
encore plus ferme la carrière qu'il a tracée,
quoique sans oser me flater d'y faire les mêmes
progrès ».

DE L'INFLUENCE
DES PASSIONS,
SUR LES MALADIES
DU CORPS HUMAIN.

———

DISSERTATION.
QUESTION.

QUELLES sont les Maladies qui peuvent être soulagées ou guéries, en excitant dans l'ame des affections et des passions particulières ?

AVANT de présenter mes idées sur cette question, il est à propos que je commence par exposer quelques-unes des loix auxquelles le système moral et physique de l'homme est assujetti, dans ce qui a rapport aux passions.

B iv

Cependant, mon dessein n'est pas de m'engager dans ces recherches plus loin qu'il n'est nécessaire, pour répandre du jour sur la question proposée. Premièrement donc, nous avons raison de penser, *que dans l'état de veille, l'ame est continuellement en action ou occupée.* L'expérience paroît confirmer cette théorie qui, je crois, est presque universellement reçue.

Le Philosophe grec définit l'état de veille (1).

(1) ᾧ γαρ τον εγρηγορότα γνωρίζομεν, τουτω ᾗ τον υπνουντα. τον γαρ αισθανομενον τουτον εγρηγορεναι νομιζομεν. ᾗ τον εγρηγορότα παντα ἢ των εξωθεν τινος αισθανεται, ἢ των εν αυτω τινος κινησεων. Ει τοινυν το εγρηγοθειαι εν μηδενι αλλω εστιν ἢ τω αισθανεται, δηλον οτι ωπερ αισθανεται τουτω εγρηγορε τα εγρηγορότα, ᾗ καθευδει τα καθευδοντα. Aristotel. Περι υπνου ᾗ εγρηγορησεως. *Cap.* I.

Nous allons donner l'interprétation de ce texte en faveur de ceux à qui le Grec n'est pas familier.

« Car celui à qui nous faisons connoître ce que c'est que l'homme qui veille, connoît aussi ce qui est relatif à l'homme qui dort. Nous pensons, en effet, que celui qui a des sensations veille, et que dans cet état il éprouve des mouvements de l'ame, soit au-dehors, soit au-dedans. Donc s'il est reconnu que veiller n'est autre chose que sentir, il est manifeste que dès qu'on a des sensations on est éveillé, et que lorsqu'on n'a point de sensations, on dort ». ARISTOTE, sur la veille et le sommeil. Ch. I.

Ces définitions d'Aristote ne paroissent pas exactes. Nous

celui où l'ame est occupée, et (1) Haller s'est exprimé sur ce sujet en termes presque semblables.

La règle suivante qui est, je crois, l'inverse verrons plus bas que le Docteur Falconer convient, que dans les rêves, les sensations de l'ame ne sont pas suspendues. On pourra lui dire encore que chez les somnambules, qui sont dans un véritable état de sommeil, les mouvements volontaires du corps s'exécutent. Nous croyons qu'on peut définir plus exactement la veille, cet état dans lequel les objets extérieurs produisent des sensations sur nos organes, dont l'ame peut se rendre compte en y faisant attention. Nous faisons entrer cette dernière circonstance dans notre définition, parce que dans un état d'extase, dans celui d'une forte méditation, l'homme est insensible aux objets du dehors, son attention se trouvant fixée ailleurs. Nous définissons le sommeil, cet état dans lequel les fonctions vitales continuant de s'exécuter, les objets qui nous environnent ne produisent aucune impression sur nos sens. Le somnambule a des sensations relatives aux idées qui l'occupent intérieurement, mais il est insensible aux objets extérieurs. Présentez-lui de la cendre, il la prendra comme du tabac; donnez-lui de l'eau, il la boira comme du vin. *Note du Traducteur.*

(1) Hactenus vigilias descripsimus, eum certè hominis statum in quo mutationes in sensoriis organis per corpora nobis circumposita factæ menti nostræ repræsentantur, atque ea apprehenduntur. *Halleri Physiol. vol. V, pag.* 592.

de la première, c'est que, *lorsque l'action de l'ame est diminuée ou affoiblie jusqu'à un certain dégré, il faut nécessairement que le sommeil s'en-suive.* Vraisemblablement s'il dépendoit de nous de faire cesser toutes les impressions que les objets font sur nos sens, et d'abolir toutes les sensations intérieures, la mort suivroit un tel état, d'autant qu'il y a lieu de penser que les fonctions vitales se maintiennent par des irritations réitérées.

Cependant, je veux dire seulement que les sensations de l'ame sont suspendues jusqu'à un certain dégré dans le sommeil. Les rêves prouvent en effet que pendant qu'on est en-dormi (1), les sens ne sont pas tout-à-fait dans l'inaction. Mais il faut faire attention que le sommeil admet différents dégrés, et que son état le plus parfait et le plus naturel approche

_____

(1) L'Auteur veut parler ici des sens intérieurs, qu'on nomme en Philosophie, le *sensorium commune*, qui est comme le rendez-vous de toutes les sensations. En Méta-physique on ne peut mettre trop de soin à bien définir les termes, à les rappeller toujours dans la même signification. Quand on emploie des termes vagues, d'un sens indéfini, on embrouille les propositions les plus claires. *Note du Traducteur.*

de bien près d'une insensibilité totale (1). Nous n'ayons aucune connoissance de ce qui se passe au-dedans de nous, aucun souvenir de la durée du temps que nous sommes demeurés dans cet état, et toutes les autres fonctions de l'ame paroissent également suspendues. Celles du corps sont dans la même inaction. Non-seulement, la sensibilité des organes de l'ouie, de l'odorat et du toucher est diminuée, mais encore leur irritabilité. Cette poudre dont l'application sur la membrane pituitaire produit l'éternuement, n'opère aucun effet pendant le sommeil. L'action des médicaments purgatifs est alors également suspendue, et il en est de même de tous les remèdes qui augmentent les sécrétions, à la réserve de la transpiration.

De ce qu'on vient d'exposer, on peut déduire

(1) « In eo statu corpus quidem eo minus movetur, quo perfectior somnus est ; stimuli sensuum, soni, titillationes non percipiuntur, nisi validiores fuerint. Etiam interni stimuli debilitantur, ut sitis, aut tussis, quarum utramque somnus placat, ni fuerit nimia ». *Halleri Physiol. vol. V, pag. 595, 596.*

« Dans le tems du sommeil, le *sensorium commune*, est en grande partie en repos, et par conséquent l'exercice ordinaire des sens internes, et des mouvements volontaires est suspendu ». *Whytt's works, pag. 175, édit. in-4. 1768.*

une troisième règle, que voici. — « *Comme l'esprit pendant la veille est toujours en action et occupé, nous n'avons point d'autre méthode pour chasser une suite d'idées de notre ame, que de lui en substituer une autre* ».

L'expérience a démontré la vérité de cette proposition, ainsi que le raisonnement. Cette même proposition sert à fixer l'étendue des termes qui expriment la question énoncée à la tête de cette dissertation, qui, sans cela, auroit paru défectueuse, d'autant qu'il se présente plus d'occasions dans lesquelles on désireroit plutôt faire cesser qu'exciter les passions de l'ame; mais, comme cela ne peut se faire qu'en excitant d'autres affections à leur place (1), ces deux intentions se trouvent renfermées dans la question ci-dessus, et je pense que c'est ainsi qu'elle doit être entendue.

(1) Hinc prudentes Medici omnes illas notas corporeas, quæ renovant has ideas, sive per sensus, sive per memoriam, tollunt inscio ægro ; quæcumque alia ipsis offerunt, ut nascantur aliæ ideæ, quæ sensim minuant, vel quæ deleant nimis validam illam impressionem, hoc vocatur, *divertere.* Sufficit ad hanc rem, ut quocumque modo mutetur cogitatio, ne eadem idea, diutissimè hærens, tandem totam mentem occupet, indelebelis poftea. *Van Swieten, vol. 1, pag.* 149.

Je veux encore faire un pas en avant, et étendre la question jusqu'aux passions et aux affections de l'ame, que nous désirerions empêcher d'être excitées.

J'espère qu'on trouvera d'autant plus à propos que j'aie ainsi étendu la question, qu'il n'y a pas lieu de douter qu'il ne vaille mieux prévenir les maux que d'y porter remède. .

On peut établir une autre règle sur *cette aptitude ou disposition de l'esprit à combiner les idées les unes avec les autres, qui est telle que le souvenir de l'une rappelle l'autre à notre esprit, et souvent, en vertu de cette opération, reproduit des effets semblables à ceux qu'avoit causés l'idée primitive, lorsqu'elle a été excitée pour la première fois* (1).

On pourroit rapporter de nombreux exemples de ce fait, mais ils sont trop connus pour qu'il soit nécessaire d'en faire mention.

(1) Mirabilis hæc obtinet in mente nostrâ proprietas, quod possimus ideas cogitatas alligare quibusdam signis merè arbitrariis, inter quæ signa et ideas cogitatas nulla occurrit similitudo, tamen postea visis his signis præsens redditur eadem idea menti. *Van Swieten*, *vol. 1, p. 148.*

Une autre loi importante du systême de notre organisation est fondée sur les effets de l'habitude et de la coutume (1). Elle consiste dans une *disposition à répéter les actions , les sensations et les mouvements de la même manière et aux mêmes intervalles qu'ils ont été exécutés auparavant.*

Cette loi règne avec autant d'empire sur les fonctions corporelles (2) que sur celles de l'ame, peut-être parce que les premières sont moins soumises à l'influence de la volonté , et consé-quemment moins sujettes à suivre ses caprices.

(1) Διὰ γὰρ τοῦτο ἢ τὸ εθος χαλεπον; οτὶ τῇ φύσει ἔοικεν, ωσπερ ἢ Ευένος λεγει;

Φημι πολυχρόνιον μελέτην ἐμεναι φιλε.

ἢ δὴ

Ταυ τὴν ανθροποισι τελευτασαν φυσιν

εἰναι.

Ce texte est cité d'une manière tronquée et incorrecte dans la dissertation : nous l'avons rétabli, comme il est ici, sur une édition d'Aristote. Voici le sens : « pour cette raison il est difficile de changer l'habitude ; parce qu'elle est sem-blable à la nature. Et comme Evenus dit :

L'habitude se forme avec le temps,

Et finit par être une seconde nature.

Note du Traducteur.

(2) Voyez les Œuvres d'Whytt, p. 162 ; 167 , 169.

Une autre loi du systême animal, liée étroitement avec celle dont je viens de faire mention,
est ce penchant à imiter qui semble être commun
à toutes les créatures animées, et former l'essence
de leur instinct naturel : il seroit inutile d'en citer
des exemples dans les enfans et même dans les
animaux, par rapport aux facultés de l'ame et des
organes sensitifs ; mais il est à remarquer que la
même disposition a lieu jusqu'à un certain dégré
en différentes parties du corps (1), et dans
divers périodes de la vie.

Après avoir établi ces règles qui gouvernent
le systême organique du corps humain, auxquelles on pourroit peut-être en ajouter d'autres,
je vais passer à la description des effets généraux
que produisent les passions sur notre constitution.

On peut, sous ce point de vue, ranger les
passions en deux classes ; dans l'une on placera

_____

(1) Dans un ouvrage publié depuis peu, on a exprimé
ceci d'une manière très-convenable.

« Cette imitation machinale qui nous porte, malgré nous,
à répéter ce qui frappe nos sens ».

*Rapport des Commissaires chargés par le Roi de l'examen
du Magnétisme animal.*

celles qui excitent les forces du système vital, et mettent les facultés du corps en action , et dans l'autre on rangera les passions qui affoiblissent et abattent ces mêmes facultés.

Un état de l'ame (1) où elle se complait, réveille l'action des fonctions vitales , donne une nouvelle force au cœur et ranime la circulation. La transpiration insensible (2) est augmentée, la respiration se fait d'une manière aisée et libre, et toutes les facultés de l'économie animale en général se trouvent fortifiées.

Les effets que produit la joie sont de la même espèce , mais encore plus marqués. Quand la joie est modérée , elle augmente l'action du cœur et des artères , et conséquemment procure une augmentation de chaleur et de transpiration. Elle fait souvent couler les larmes, qui servent alors à soulager la nature, prête à succomber à cette vive émotion, et dans ce moment l'ame éprouve une des plus grandes voluptés qu'elle puisse sentir. Si cette passion est portée à l'excès, et particulièrement si elle est occasionnée par un accident subit et

(1) Haller, Phys. vol. V, p. 581.
(2) Sanctor. Medic. static. sect. VII, § 1 et seq.

inattendu ,

ïnattendu, elle produit des fièvres, un dérangement d'esprit, la défaillance, et même une
mort soudaine (1).

Il est difficile de déterminer à quelle cause
immédiate on doit attribuer ces effets. Sanctorius (2) pense qu'ils sont produits par une
augmentation dans la transpiration, qui, selon
lui, procure un écoulement du fluide nerveux,
et occasionne par-là une diminution dans les
forces. Un autre Auteur (3) croit que le sang,
étant chassé tout-à-coup du cœur jusqu'aux
extrêmités, par l'augmentation de force qui
arrive à cet organe, et aux grands canaux
artériels qui l'avoisinent, que le sang, dis-je,
ne peut retourner assez vîte au cœur pour que
la circulation s'entretienne sans être interrompue. Haller soupçonne qu'il survient dans

(1) Thoresby's Nat. hist. of seads, p. 625. Nichol's
anim. Medic. p. 16.

Spartana mater inter ipsos amplexus reducis filii ; quem
in pugnâ cæsum putabat, mortua corruit præ nimio et
subito gaudio.

(2) Sanctor. sect. VII, §. 28, 29.

(3) Parson's Physiol. p. 86.

C

ce cas une espèce d'apoplexie causée par l'action redoublée des vaisseaux du cerveau, et allègue, pour preuve de son opinion, la rougeur du visage, l'augmentation de la chaleur, et la défaillance qui est la suite de cet état. Le Docteur Cullen pense que le relâchement subit qui succède à une tension excessive, fait perdre aux organes leur ton naturel, de manière qu'ils ne peuvent plus le recouvrer (1).

» Non nostrum inter vos tantas componere lites ».

La passion de l'amour, produisant une

(1) Un effet aussi prompt qu'une mort subite, causée par une affection morale dans un état de parfaite santé, ne peut être produit, ni par une augmentation dans la circulation du sang, ni par l'extrême tension qui occasione un relâchement. Haller ne dit rien de neuf en désignant cet effet comme une espèce d'apoplexie, et l'action qu'il suppose aux vaisseaux du cerveau, ne paroît pas en être la véritable cause. Sanctorius semble s'approcher davantage de la vérité, et auroit rendu son idée plus lumineuse, si la théorie de l'électricité avoit été connue de son temps. Nous croyons que cet effet doit être attribué à une rupture d'équilibre causée dans le fluide électrique auquel les nerfs servent de conducteurs. Ce fluide étant chassé subitement par une violente émotion de l'ame ou du principe moteur et sensitif, les parois des nerfs s'affaissent et la matière élec-

sensation agréable dans l'ame, est suivie d'effets fort semblables à ceux de la joie. Elle excite les facultés de l'esprit , ainsi que celles du corps , cause la rougeur et la chaleur de la peau , accélère le pouls , qui conserve pourtant de l'irrégularité (1) , occasionnée peut-être par la crainte qu'on a de ne pas réussir. Ces symptômes s'augmentent en proportion du dégré de véhémence qui caractérise la passion , et quand elle est excitée avec force , la fièvre accompagnée d'une grande chaleur , d'une pal- pitation de cœur , et d'une ardeur (2) brûlante qui se fait sentir dans tout le cours de la circu- lation , en est la suite.

Un violent désir pour un objet quelconque ,

trique ne peut plus reprendre son cours. Les vieillards meurent d'un excès de joie plutôt que les jeunes gens , parce qu'ils ont peu de fluide électrique. L'homme périt dans ces moments, comme un animal à qui l'on fait éprouver une forte commotion dans la fameuse expérience de Leyde. *Note du Traducteur.*

(1) On connoît la manière dont le Médecin Erasistrate découvrit l'amour d'Antiochus pour sa belle-mère.

(2) Haller, Physiol. vol. V, p. 582.

C ij

particulièrement si l'on a l'espoir du succès, produit des effets presque semblables. Il excite le mouvement du sang et (1) accroît la transpiration. Il a souvent soulagé et même guéri des affections paralytiques. Il rend le corps capable de faire des efforts qu'on ne devoit pas attendre de sa foiblesse, et peut même détourner pour quelque tems le coup que la mort étoit sur le point de frapper (2). Quand ce désir est très-violent, il peut produire l'épilepsie, et en excitant des mouvements irréguliers dans le

(1) Voyez la note précédente.

(2) Muley Moluck porté dans sa litière, et épuisé par la maladie dont il étoit atteint, parut sortir de son accablement et fit des efforts extraordinaires dans la dernière bataille qu'il livra. Voyant que ses troupes lâchoient pied, il se jetta hors de sa litière, quoiqu'il fut presque à l'agonie, rallia son armée, et la ramena à la charge, ce qui lui fit remporter une victoire complette. Lorsqu'il vit ses soldats qui combattoient avec valeur, il retomba dans l'accablement où il étoit auparavant, et on fut obligé de le remettre dans sa litière. Il se tint couché avec un doigt sur sa bouche pour enjoindre le secret à ses Officiers, et expira quelques moments après dans cette posture. Voyez les Révolutions du Portugal, par l'Abbé de Vertot, et le Spectateur, n° 349.

cœur , il cause quelquefois un anévrisme (1) de l'aorte (2).

La colère est une autre affection de l'ame du genre des passions stimulantes , quoiqu'on ne puisse guère la mettre au nombre de celles qui causent une sensation agréable (3).

Cette passion excite et met en jeu toutes les facultés de l'ame et du corps ; elle accélère

(1) Anévrisme, en grec, ανευρισμος, du verbe ανευρυνω, dilato; c'est une dilatation contre nature de quelque partie d'un conduit artériel; on distingue cette tumeur des autres par la pulsation qui l'accompagne, ce mouvement n'étant propre qu'aux artères. Cette tumeur est incurable lorsqu'elle est interne, et fait périr le malade plus ou moins vîte suivant l'endroit où elle se forme, et diverses autres circonstances. Quant elle survient à quelque membre, elle en nécessite presque toujours l'amputation. *Note du Traducteur.*

(2) Haller Physiol. vol. V, pag. 582.

(3) Le Docteur Falconer n'auroit pas hésité à mettre la colère au nombre des passions qui causent une sensation agréable, s'il s'étoit ressouvenu d'un passage d'Aristote. Rhetor. lib. I, c. XI. où ce grand Philosophe affirme qu'il est doux de se livrer à la colère, et cite pour garant de son opinion ce vers d'Homere , qui dit que cette passion est plus douce que le miel.

ωσε πολυ γλυκιων μελιτος καταλειβομενοιο.
Note du Traducteur.

C iij

le mouvement du pouls, répand la rougeur (1)
et la chaleur sur la peau. Ces effets ne semblent
pas devoir être favorables à la santé. Ils épuisent
les forces du corps et de l'esprit , comme il
paroît par le tremblement de la voix et le
bégaiement que la colère occasionne. Quand
elle est portée au plus haut dégré , elle produit
des échymoses (2) , des hémorrhagies (3) , des
apoplexies (4) , une grande dilatation du
cœur (5); les blessures cicatrisées se r'ouvrent ;
il se forme des inflammations locales. Une transpiration abondante (6) , le vomissement , la
diarrhée (7) sont encore le produit de cette
affection de l'ame. Une augmentation dans la
séctétion de la bile est aussi un des effets
remarquables de cette passion , qui est attesté
par des observations anciennes et modernes.
Des accès épileptiques, la passion iliaque , la

(1) Ceci a lieu encore dans d'autres animaux , comme
nous voyons ces mêmes symptômes dans les coqs d'inde.

(2) Aretæi , L. 2, c. 1. Haller , vol. V, p. 587.

(3) Haller ut supra.

(4) Hildan. Epist. r.

(5) Harvei exercitat. altera ad Riolanum.

(6) Sanctor. sect. VII.

(7) Young on opium, p. 115.

fièvre , et la mort subite sont aussi au nombre des accidents funestes que produit la colère.

D'un autre côté, elle produit quelquefois accidentellement des effets salutaires. C'est ainsi que la goutte (1), la paralysie , la privation de la parole ont été guéries par des transports violents de cette passion , et qu'elle a servi même à prolonger la vie pendant plusieurs jours.

L'espérance est aussi une passion stimulante ; mais d'une nature plus douce. Son effet est d'exciter avec modération les facultés de l'ame et du corps , et de les diriger vers des objets convenables. Il n'en est jamais résulté aucun accident fâcheux , au moins que je sache.

Après avoir parlé des passions stimulantes , nous allons traiter de celles dont l'effet est de débiliter. La crainte est évidemment du nombre de ces passions. Elle diminue la force du cœur (2) affoiblit le pouls et le rend irrégulier et intermittent. La circulation est quelquefois si fort ralentie , que le sang ne coule pas lorsqu'un

(1) Haller Phys. vol. V, p. 587,

(2) Van Svieten , vol. III, p. 271 & vol. I, p. 148.

vaisseau est ouvert (1). La pâleur , le frisson-
nement et la défaillance sont du nombre des
symptômes qui accompagnent cette passion.
Elle arrête les hémorrhagies , les sécrétions
naturelles comme celles du lait et de la transpiration.

Quelquefois cette dernière sécretion est
augmentée par la crainte, mais alors la sueur est
toujours froide , et ressemble à celle qui est
produite par la syncope et la grande foiblesse.
La diarrhée , la jaunisse , le squirrhe et la
gangrene sont souvent les suites fâcheuses de
cette passion. Elle affoiblit les forces digestives,
cause des flatuosités , des rapports acides, et
d'autres symptômes qui indiquent que l'estomac et les intestins ont perdu de leur ressort.

La crainte produit encore un effet remarquable , qui est de rendre ceux qui en sont
affectés., plus sujets à être attaqués par les
maladies contagieuses. Quand l'impression

(1) ὑπο τε τρόμος εΜαββ γυῖα
ἄ↓ τ'ανεχωρησεν , ὦχρος τεΜιν ειλε παρειας.
Hom. Iliad. III , 34 , 35.
« Le tremblement s'empara de ses membres; il se recula
et la pâleur se répandit sur son visage ».

qu'elle cause est très-forte (1) , le tremblement, la mélancolie, la folie , la paralysie (2) ,
l'apoplexie , la cécité , l'épilepsie , et la mort
subite en sont bien souvent les fatales conséquences.

Quelquefois au contraire ses effets n'ont
point été funestes. Des douleurs dans le corps,
et des affections maniaques ont été guéries par
des idées de crainte, le malade se croyant
menacé par un danger imminent. On ne peut nier
que cette passion , lorsqu'elle est portée à un
très-haut point, ne soit très-stimulante. Dans
ces occasions ceux qui en ont été atteints ont
donné des preuves d'une force extraordinaire.
La parole (3) a été rendue aux muets, et les

(1) Vidi in hac urbe virum , qui in ætatis vigore
dormiens, horrendo tonitrûs fragore expergefactus, ful-
mine domum incensum esse credidit, et postea in talem
tremorem totius corporis incidit, ut nullus omninò muscu-
lus voluntatis imperio mobilis ab illo immunis foret, vixit
in hoc statu per viginti annos, in reliquis sanus.

VANSWIETEN, vol. II, p. 183.

(2) Vanswieten, vol. III, p. 271.

(3) A la prise de Sardes, un Soldat Perse, ne con-
noissant point Crœsus, s'avança pour le tuer. Son fils,
muet dès sa naissance, voyant le danger où étoit son père,

paralytiques ont recouvré l'usage de leurs membres. La goutte, la sciatique, les fièvres intermittentes, le délire et la diarrhée ont été guéris, et même des personnes arrachées des portes de la mort. Ces effets de la crainte sur les organes du corps ressemblent à ceux qu'elle produit sur les facultés de l'ame. La crainte et l'espoir, comme Milton l'observe judicieuse-ment, sont des passions qui vont toujours ensemble. Quand il n'y a plus de place pour l'espoir, alors l'ame, ne pouvant plus consentir à supporter le fardeau de ses peines, est portée à prendre un parti violent, et n'ayant plus rien à attendre de l'espérance, imite l'esprit infernal dans ses résolutions, et ne consulte que le désespoir.

La tristesse est une autre passion du nombre de celles qui affoiblissent, et ses effets pro-duisent plusieurs symptômes semblables à ceux de la crainte, cependant avec quelques diffé-

s'écria, « Soldat, ne tue point Cræsus ». Ce furent les premières paroles qu'il prononça, et il continua ensuite de parler sans embarras le reste de sa vie. Hérodote, liv. I. Pausanias rapporte l'histoire d'un certain Battus, qui recouvra la parole par la frayeur que lui causa l'aspect d'un lion, liv. X.

rences , qu'il faut sans doute attribuer à ce que
la tristesse est en général d'une plus longue
durée. Elle diminue les forces du corps (1) ,
affoiblit le mouvement du cœur et ralentit la
circulation. C'est ce qui paroît par les soupirs
fréquents, la lenteur et l'effort de la respiration ,
qu'on observe dans cet état de l'ame , et qui
semblent nécessaires pour faciliter le passage du
sang dans les poumons. Elle diminue la transpiration, arrête le flux menstruel , produit la
pâleur, les œdemes et le squirrhe dans les
parties glanduleuses. Par l'influence de cette
passion , le scorbut devient plus fâcheux , les
maladies putrides et contagieuses acquièrent plus
de malignité , et le corps est plus disposé à recevoir l'atteinte des miasmes pestilentiels. Quand
le chagrin survient tout-à-coup , il cause une
palpitation dans le cœur, rend le pouls irrégulier; la cécité , la gangrène et une mort subite
sont souvent les suites de cette passion (2)
portée à l'excès. On connoît le changement
qu'elle produit, dans la couleur des cheveux.

La pitié est une autre passion qui est alliée

(1) Haller, vol. V , p. 583.
(2) Vanswieten, vol. III, p. 365.

de près à la tristesse , mais qui en diffère à quelques égards, étant mêlée d'un sentiment d'intérêt et d'affection. Ses effets sont rarement d'une grande violence ; mais on observe qu'elle fait répandre des larmes plutôt que la tristesse elle-même.

La honte peut encore être rangée parmi les passions qui produisent les effets ci-dessus mentionnés , mais je crois qu'elle est encore plus puissante que la dernière passion dont on vient de parler. Un de ses effets les plus remarquables consiste à accumuler le sang dans les extrêmités des vaisseaux , ce qu'on observe principalement sur le visage , et ce qui a lieu réellement sur toute la surface du corps. C'est vraisemblablement la suite d'une constriction spasmodique dans le systême veineux , d'autant qu'on rapporte que dans cet état on a vu des veines se rompre , et que le flux menstruel a été supprimé.

Le dégoût et l'aversion pour certains objets qui affectent la vue ou le goût, produisent des effets très-marqués, comme le vomissement (1),

(1) En mettant une taupe dans le vase ou quelqu'un buvoir.

la diarrhée, la syncope (I), et même la mort ;
lorsque par imprudence ou par quelque mauvaise
plaisanterie on a mêlé avec les aliments des
objets faits pour inspirer le dégoût, ce qui doit
servir d'avertissement à ceux qui s'amusent à
causer ces sortes de surprises.

L'envie est une passion d'un genre équi-
voque, étant stimulante ou calmante suivant
les circonstances, ce qui vient de ce qu'elle est
composée de passions d'une nature opposée ;
savoir la tristesse et la colère. Elle cause la
pâleur du teint, et excite la sécrétion de la bile.
Ses autres effets ressemblent à ceux des passions
dont elle est composée ; suivant que l'une ou
l'autre domine principalement.

La jalousie est une autre passion d'un genre
ambigu. Elle paroît composée de crainte et de
colère, et ses effets tiennent de la passion qui
se trouve avoir plus de force que l'autre.
L'effet particulier que produit la jalousie en
causant un spasme dans les conduits biliaires, et
faisant passer la bile dans le torrent de la circulation, est très-remarquable et bien attesté.

(I) En servant un chat pour aliment.

(1) D'après les effets que produisent les passions sur les organes du corps et le système vital , nous pouvons conclure en général que dans les cas où il y a foiblesse et accablement dans les principales parties de la machine , on devroit chercher les moyens d'exciter les

(1) Il y a deux autres affections de l'ame , qu'on peut à peine ranger dans la classe des passions , et qui sont d'une grande importance en Médecine. La première est une parfaite confiance dans l'efficacité des remèdes. Soit qu'elle opère en occupant toute l'attention de l'esprit , et par ce moyen le rendant inaccessible à toutes les autres impressions , ou bien en communiquant au système organique un dégré de ton et de vigueur qui le met en état de résister au principe morbifique ; on peut toujours assurer que l'effet a lieu , quelle qu'en soit la cause. Cette affection de l'ame est très-efficace dans les maladies qui reviennent après certains intervalles , ou dans celles qui sont principalement du genre moral. On observe cependant qu'à moins que la prévention ne soit très-forte , elle manque souvent de produire la guérison. Une autre affection de l'ame qui a quelquefois produit de grands effets , c'est une ferme résolution de résister aux accès de la douleur. Quelque extraordinaire que paroisse ce moyen , on l'a pratiqué avec succès dans plusieurs maladies. Cette affection de l'ame ; ainsi que l'autre dont nous avons parlé , paroît avoir été principalement efficace dans les maladies des nerfs et autres maux périodiques. Il n'y a pas lieu de douter qu'elle n'agisse en donnant de la vigueur et du ton aux organes.

passions qui peuvent apporter une résistance aux effets des principaux symptômes, et que lorsque la maladie est causée ou aggravée par des mouvements trop violents dans les organes qui servent aux principales fonctions , on peut avoir recours aux passions dont l'effet est d'affoiblir le système vital.

Cependant il peut se présenter de grandes difficultés dans la manière dont on doit se servir de ces instruments précaires, et dont le maniment est si délicat. On ne peut guère assigner avec précision la nature et l'étendue des effets qu'ils peuvent produire. Ce qui , dans une sorte de tempérament, peut exciter les facultés corporelles, peut produire un effet tout opposé dans une constitution plus foible. C'est ainsi qu'on a déjà observé que la joie cause des accidents aussi funestes que le chagrin et la terreur , ce qu'on doit attribuer vraisemblablement au relâchement des nerfs qui succède à une tension trop violente. D'un autre côté , les passions qui affoiblissent peuvent agir comme stimulants. C'est ainsi que la crainte excite la force et l'activité, et met en jeu d'une manière efficace les facultés du corps et celles de l'ame. De toutes les passions , l'espérance est

celle qui, agissant comme un doux stimulant et
avec une qualité sédative , paroît le mieux
répondre aux intentions du Médecin. C'est
d'ailleurs la passion qu'on peut manier le plus
aisément , et qui peut le plus concourir à
rendre le malade docile aux avis qu'on lui donne
pour sa santé.

Après ces remarques préliminaires , je vais
essayer de faire l'application des principes qui
ont été posés aux maladies particulières. Je
suivrai en cela l'ordre établi par le Docteur
Cullen dans la dernière édition de son Ouvrage
intitulé, *Synopsis Nosologiæ Methodicæ vol. II.*

PREMIERE

PREMIÈRE CLASSE.

Affections Inflammatoires.

PREMIER ORDRE.

Les Fièvres.

SECTION PREMIÈRE.

Les Fièvres Intermittentes.

IL y a peu de maladies qui offrent des marques plus évidentes de l'influence de l'imagination et des passions que la fièvre intermittente. On sait que cette maladie a souvent été guérie par des remèdes qui ont peu de vertu médicale, ou qui même n'en ont aucune. Dans ce cas, la guérison ne peut être attribuée qu'à l'opinion que le malade avoit de leur efficacité. Ce qui le prouve, c'est que la certitude de la guérison a presque toujours dépendu dans ces circonstances du dégré de confiance que le malade avoit dans le remède qui lui étoit administré.

D

Il est inutile de citer des exemples de ces sortes de guérisons, puisqu'on peut les observer tous les jours. Qu'il suffise de dire que ces remèdes étoient de telle nature, que, par un goût ou une apparence désagréable, ils étoient faits pour produire de fortes impressions sur les sens, comme des araignées vivantes qu'on a avalées, des méches de chandelles, et autres substances pareilles. Quand le remède est administré en forme de charme, on emploie des cérémonies et une affectation de mystère qui répondent parfaitement au but qu'on se propose, qui est de frapper l'imagination.

Quelle est la manière dont ces remèdes agissent pour expulser le levain fébrile? c'est ce qu'il est difficile de déterminer. Est-ce que la confiance que le malade a dans le remède qu'on lui administre, étant une passion stimulante, communique aux organes un dégré de force qui combat leur foiblesse et l'irritabilité qui en est la suite, que nous avons beaucoup de raisons pour regarder comme la cause qui dispose à l'accès de la fièvre (1), ou bien agit-elle en

(1) Dans les fièvres intermittentes, il y a en général un levain ou matière fébrile que la nature cherche à expulser

fixant l'attention (1) du malade de manière à rendre le systême organique insensible à toutes les autres impressions?

On sait que des personnes livrées à des transports violents de l'ame, à de profondes contemplations, et à des idées qui absorboient toute l'attention de leur esprit, comme les enthousiastes, les fous, se trouvant exposés à de violentes douleurs du corps, n'ont paru ressentir aucune peine ; ils souffrent aussi les excès du froid et du chaud, les intempérances du regime, et vivent au milieu des maladies contagieuses sans en éprouver les funestes effets, qu'ils n'auroient pu éviter, si le systême nerveux n'avoit été occupé par d'autres impressions.

par les urines, la sueur, etc. L'espoir que le malade a d'être guéri lui donne de la joie ; or l'effet de cette passion, comme l'a déjà dit le Docteur Falconer, est d'augmenter le mouvement du cœur et des artères, et la transpiration. Ainsi, il n'est pas étonnant que la confiance du malade puisse le guérir de sa fièvre. J'ai guéri une fièvre tierce opiniâtre qui prenoit le malade régulièrement à midi, en lui conseillant de faire un violent exercice le jour et avant l'heure de l'accès. *Note du Traducteur.*

(1) Quintus-Fabius Maximus fut guéri d'une fièvre quarte par une forte application aux opérations de la guerre. PLINE, *Hist. Natur. Lib. VII*, cap. 50.

, Je n'ai pas pu savoir si , en excitant les passions de l'ame que je viens d'exposer, on a
véritablement guéri quelque espèce particulière
de fièvres intermittentes ; mais il y a lieu de
conclure que la passion qu'on a intérêt d'émou-
voir, doit être portée à un dégré qui corresponde
à la violence et à l'opiniâtreté de la maladie.

Il n'est pas inutile de remarquer qu'il faut
entretenir l'illusion où étoit le malade , encore
quelque temps après qu'il paroît guéri, afin de
conserver une impression dont l'effet est nécessaire pour assurer un parfait rétablissement.
Le pouvoir de l'habitude dure plus long-temps
qu'on ne pourroit l'imaginer, et dispose le
corps au retour des mêmes accès à des intervalles réglés (1). Ce n'est qu'après une longue
interruption des accès , qu'on peut se hazarder à
faire cesser l'impression , l'expérience ayant
démontré que si l'on néglige cette précaution,
la fièvre reprend souvent le malade.

Peut - être le relâchement où tombe le sys-

____

(1) Si febris quievit , diu meminisse ejus diei convenit ,
eoque vitare calorem , cruditatem , lassitudinem. Facilè
enim revertitur nisi a sano quoque aliquamdiu timetur.
CELS. Lib. III, cap. 16.

tême nerveux, après une cessation subite de la cause qui excitoit sont irritabilité, met le corps dans une disposition qui favorise le retour de la maladie.

Tous les faits rapportés ci-dessus prouvent que, même en administrant le quinquina, il faut, pour favoriser son opération, donner au malade les plus fortes assurances du succès.

SECTION II.

Les Fièvres continues.

GENRE V.

Fièvres contagieuses et malignes.

LES fièvres contagieuses offrent des exemples frappants de l'influence des affections de l'ame, soit comme remèdes efficaces pour guérir la maladie, soit comme prophylactiques ou préservatifs.

Le Docteur Cullen a très-bien observé que la crainte, en affoiblissant le corps et augmentant

Dij

son irritabilité , est une des causes qui , con-
courant avec les principes de la contagion , les
rend plus actifs. C'est principalement contre
cette passion qu'il veut qu'on fortifie l'ame dans
ces circonstances (1). On remplit ces vues en
donnant au peuple une idée favorable des
moyens préservatifs qu'on met en usage , et
détruisant l'opinion où il est que la maladie est
incurable.

Il faut occuper les esprits par des travaux et
des affaires continuelles, et éviter de montrer
aux yeux des objets qui peuvent inspirer la
crainte comme des convois , des cérémonies

(1) *Hoffman donne le même avis.* Temperare sibi ab
omnibus , quæ viribus adversa , languidioresque faciunt
excretiones, animi scilicet vehementibus commotionibus,
mærore, terrore , curâ. -- De febribus petechialibus veris --
Meticulosos, ac terrore de levi perculsos facili occasione
incurrere in pestem. Et Sennertus inter capsas pestis imagi-
nationem , terrorem ac timorem ponit et hanc causam
putat primariam quod vespillones et clinicæ mulieres ,
Chirurgi et alii qui animo præsenti et alacri peste infectis
et mortuis suas operas locant rarò peste inficiantur, qui
verò minus præsentes sunt subitò inficiantur et extinguantur.
Hoff. de orig. et naturâ pestis.
Vide etiam Riverium de ... pestil. p. 329.

funèbres, et les charmes (1) même peuvent être employés avec succès lorsqu'on trouve le moyen de donner aux personnes une forte persuasion de l'efficacité de ces sortes de préservatifs. Ils agissent alors en donnant de la confiance, et en fixant l'attention de l'esprit.

Il n'est pas moins certain qu'il ne faille s'attacher, pour opérer la guérison, ainsi que pour préserver de ces maladies, à affermir, autant qu'il est possible, l'espoir et la confiance des malades.

Nous savons que les fièvres contagieuses tendent particulièrement à diminuer l'énergie du cerveau, et produisent par-là un affoiblissement dans tout le systême nerveux (2). La

(1) Amuleta contra pestem præstantissima esse remedia non novum, sed in vulgus notum est. Non verò alio modò operantur quam quod magnâ fiduciâ præditi non timeant pestem, unde ab ipsâ immunes degunt. Neque dubium est quin formidine depositâ et excusso protinus timore quod cum tempore fit pestis vehementiam tandem remittat. Hoff. de orig. et naturâ pestis.

(2) Δεινότατον δὲ πάντος ὦν τῦ κακῦ ἥ τε αθυμία, ὁπότε τις αἴσθοιτο κάμνων, (πρὸς γὰρ τὸ ανελπισον εὐὶ·

D iv

peste sur-tout est une de ces maladies qui
portent le relâchement dans les nerfs et dans
toutes les facultés motrices, et qui dispose
toute la masse des fluides à la putridité. Le
Docteur Cullen pense (1) que c'est sur-tout
à cet état des nerfs et des liqueurs qui circulent
dans les vaisseaux, qu'il faut faire une attention particulière pour prévenir ou guérir cette
maladie.

Il est donc absolument nécessaire d'inspirer

τραπόμενοι τῆ γνώμη, πολλῶ μᾶλλον προΐεντο σφᾶς αυτοὺς
ἢ ὒκ αντεῖχον.

Thuchid. de peste Atheniensium.

« Mais ce qui rendoit le mal plus fâcheux, c'étoit l'abat-
tément d'esprit qui s'emparoit du malade aussitôt qu'il se
sentoit frappé. Dès-lors il désespéroit de sa guérison ; les
symptômes devenoient plus graves, et il ne pouvoit résister
à la maladie ».

Typhus maximè contagiosa cum summâ debilitate.
Cullen. defin. pestis.

« Un violent mal de tête, des vertiges, un extrême
abattement qui survenoit tout-à-coup étoient les premiers
symptômes qu'on remarquoit dans ceux qui étoient attaqués
par cette maladie contagieuse. Russel. Description de la
peste d'Alep, p. 230.

(1) Cullen. *Voyez* la première page de sa Pratique de
la Médecine.

aux malades, ou à ceux qui peuvent être frappés par la contagion, la plus grande confiance, seul moyen de soutenir le ton des organes et d'entretenir les forces vitales.

GENRE V,

Fièvres nerveuses,

I. *La Fièvre nerveuse lente,*

LA fièvre nerveuse lente du Docteur Huxham, et de plusieurs autres Ecrivains, ou le *typhus mitior* du Docteur Cullen, fournit un exemple frappant du pouvoir des affections de l'ame. Dans ce qui a rapport à la manière d'employer ces instruments aussi délicats qu'efficaces, je crois pouvoir dire que les anciens ont montré plus de pénétration et de jugement que les modernes.

Tous les Auteurs qui ont décrit cette fièvre, nous la représentent comme accompagnée d'un grand accablement dans les facultés (1) de

(1) Animi desponsio cum vigiliis jugibus. Involuntaria lachrymatio. Cœl. Aurel.

l'ame et dans celles du corps. Le chagrin (1),
la crainte et les autres affections de l'ame dont
l'effet est d'affoiblir, sont mis au nombre des
causes qui produisent cette maladie. Cependant
peu de Médecins dans ces derniers temps, même
de ceux qui ont donné les descriptions les plus
exactes de cette maladie, et montré le plus de
jugement dans les remèdes qu'ils ont prescrits,
ont fait une attention particulière à l'état de
l'ame dans cette sorte d'affection nerveuse. Il
faut pourtant en excepter le Docteur Buchan,
(2) dont les avis, dans ce qui a rapport à

Sensuum externorum et internorum hebetudo et tarditas
anxietatis et animi deliquia. Home Princ. Med.

Sensorii punctiones plurimum turbatæ. Cullen. Synopsis.

La pesanteur, l'abattement des esprits avec douleur et
vertige, Huxham.

(1) Mæstitudo vel timor. Cœlius Aurelius.
Animus tristitiâ depressus. Home.

(2) « Il faut non-seulement tenir l'esprit du malade dans
un état de tranquillité ; mais le soutenir et le ranimer encore
par l'espoir d'un prompt rétablissement. Rien n'est plus
nuisible dans les fièvres de cette espèce, que de présenter
à l'imagination des malades des idées sombres et effrayantes.
Ces idées seules occasionnent souvent des fièvres nerveuses,
et il n'y a pas de doute qu'elles ne servent à les aggraver.
Buchan, Médecine Domestique.

cette indication, sont des plus sages et des plus judicieux.

Cette maladie étoit connue des Grecs et des Romains sous le nom de (I) Νοσος καρδιακος ou maladie cardiaque (2), et les personnes qui en étoient attaquées, étoient désignées par le nom de χαρδιαχοι ou cardiaques. On la nomme aussi maladie pituiteuse, et fièvre syncopale, mais je pense que ces dernières dénominations ont un sens plus étendu que la première.

Arétée, très-convaincu de la nécessité de soutenir les forces du système nerveux, et sachant que cela dépendoit, en grande partie, de l'état de l'ame, recommande expressément au malade (3) d'avoir bon courage, et conseille au Médecin de tâcher, par ses discours, de lui inspirer de la confiance et l'espoir d'une prompte guérison ».

Parmi les moyens qu'il veut qu'on mette en usage, il y en a dont l'influence, quoique

(1) Galen. et Aretœus.
(2) Celsus et Cælius Aurelianus.
(3) Aret. θεραπεια καρδιακων.

éloignée, ne lui paroît pas indigne de son attention. Il veut (1) qu'on amuse les yeux du malade en lui présentant des objets agréables, comme des plantes, des peintures, en un mot, tout ce qui peut lui offrir un aspect propre à le récréer. « Il recommande, qu'on tâche de le divertir par des discours intéressants et joyeux , et, qu'en lui faisant garder le silence, on tienne, autant qu'il sera possible, son esprit dans un état agréable et paisible ». Il conseille en outre (2) de tourner le lit du malade de manière qu'il puisse jouir d'une perspective riante. La vue des prairies , des fontaines, des ruisseaux qui serpentent, les douces odeurs qui s'exhalent des champs réjouissent les esprits, excitent le jeu des organes, et réveillent l'appétit. Si l'on ne peut pas se procurer ces avantages , il faut , dit-il, joncher la chambre du malade de fleurs (3) et d'autres végétaux, de façon qu'elle

(1) Ibid.

(2) Ibid.

(3) Il faut pourtant user de certaines précautions et avoir soin de renouveller l'air dans la chambre du malade. Les plantes , et sur-tout les fleurs, exhalent une grande quantité d'air inflammable qui vicie l'atmosphère et le rend méphitique. La fraxinelle, par exemple , est une de ces

offre quelque image de la campagne dans la saison du printemps. « Il prescrit aussi, qu'on taille des branches d'arbrisseaux odoriférants pour en faire des éventails avec lesquels on rafraîchira les malades, »

Les petits détails dans lesquels est entré un Auteur aussi éloigné d'être diffus que l'est Arétée, montrent combien il a cru qu'il étoit important de mettre en pratique tous ces moyens. Cœlius Aurelianus témoigne aussi, quoique d'une manière moins expresse, qu'il regarde comme très-essentiel de tenir l'esprit du malade dans un état d'aise et de tranquillité. Pour remplir ces vues, il recommande, entre plusieurs autres choses, que la chambre du malade soit située de façon qu'elle reçoive de l'ombre et de la fraîcheur (1), qu'elle soit

plantes qui produisent le plus d'air phlogistique, et dans un champ où ce végétal se trouve en abondance, on peut embrâser ces vapeurs avec un flambeau allumé. En outre, dans certaines maladies, les odeurs peuvent causer des convulsions, ect. *Note du Traducteur.*

(1) Jacere facimus locis refrigerantibus, atque umbrosis et obscuris, ut sunt plerumque hypogœa, vel speluncosa, atque ad Aquiloniam partem constructa, vel certè solis

exposée au nord et que le soleil y porte rare‑
ment ses rayons ; qu'elle soit d'une grandeur
suffisante pour n'être pas trop échauffée par
les personnes occupées auprès du malade ,
dont la respiration pourroit corrompre l'air.
Pour cette même raison, il faut ouvrir les
fenêtres autant que l'état du ciel le permettra ,
non‑seulement pour rafraîchir la chambre, mais
encore pour y introduire un air nouveau, dont
la pureté est agréable et salutaire au malade. « —
Il conseille en même‑temps l'usage des
éventails , et veut qu'on arrose le plancher, et
qu'on y répande des fleurs d'un parfum agréable,
mais non pas trop fort, comme des roses, etc.
Il montre la même attention pour ce qui regarde
le lit du malade ; les couvertures selon lui
doivent être légères ; il faut que le lit ne soit ni

tactui difficilia. Neque plus satis brevia , sunt enim præfo‑
cabilia , et quæ facilè fervorem ex ingessu hominum con‑
cipiant, quos naturalis spiratio aerem accipere atque reddere
anhelitûs raptu necessario cogit. Denique si non fuerit
naturaliter frigidus locus , hoc affectabimus specularia
detrahentes, nisi sol obstiterit et aeris inæqualitas , adjungitur
frigori inducto purgatior aer ingrediens locum qui suâ
novitate, ac miti accessu reficiat œgrotantem. Flabellis etiam
latenter aerem frigerandum dicimus, aquâ frigidâ asper‑
gentes solum , etc. etc. Cœl. Aurel. l. II, c. 37.

trop dur ni trop mou , et qu'il ait beaucoup de largeur. Toutes ces précautions ont pour but , dit-il (1), non - seulement de procurer du sommeil au malade , mais encore de mettre son esprit dans une situation agréable et tranquille.

Il me paroît très-vraisemblable que les bons effets que le vin a produits dans cette maladie (2), ainsi qu'on l'a observé dans la pratique ancienne et moderne, sont dus à l'influence que cette liqueur exerce (3) sur l'ame et sur les fonctions vitales, et qui réveille l'action de tout le sys-tême organique.

Arétée met au nombre des effets que pro-duisent certains remèdes qu'il ordonne dans ces cas , parmi lesquels le vin tient la principale place , la force et le ton naturel de la voix que

(1) Jubentes eos quiescere non solum corporis officio, sed si fieri poterit curâ animorum. *Ibidem.*

(2) J'ai vu un malade attaqué d'une espèce de charbon pestilentiel et réduit à l'extrêmité, qui fut guéri, en prenant quelques cueillerées d'excellent vin de Malaga. *Note du Traducteur.*

(3) Cardiacorum morbo unicam spem in vino esse, certum est. Plin. Hist. Nat. l. XXIII. c. 2.

le malade recouvre. « Tout paroît se revivi-
fier, dit-il ; les sens reprennent leurs fonctions, et la nature semble se renouveller » :
Cœlius Aurelianus attribue aux bons effets
du vin (1), « la diminution de cette insensibilité
et de cette stupeur où le malade étoit plongé,
et l'espoir qu'il conçoit alors du succès des
remèdes qu'on lui administre » :

L'opium, (2) qu'on a commencé à prescrire,
à d'assez fortes doses dans ces derniers temps
pour guérir les fièvres nerveuses, produit les
effets d'un excellent cordial (3) ; ranime les
esprits, et met l'ame dans un état de calme
et une espèce de volupté (4). La manière dont

(1) Torpor atque stupor corporis diminutus ; ad omnia
quœque facilis ægrotantis arrisio. Cœl. Aurel.

(2) Wall ; de l'usage de l'opium dans les fièvres lentes.

(3) Parvâ dosi pulsum validum efficit et alacritatem
instar cardiaci affert. Rutty. Mat. Med.

(4) Venette, dans son Tableau de l'Amour conjugal,
décrit d'une manière fort naïve l'effet que produisirent sur
lui deux grains d'opium. « Une petite vapeur douce et
chatouillante couloit insensiblement, comme je le pense,
par les nerfs et par les membranes externes de mon corps ;
cette vapeur me causoit une volupté excessive. Car depuis
la nuque du cou et des épaules jusqu'au *croupion*, je sentois
un chatouillement qui me causoit un plaisir parfait ; puis

il

il opère sur les Turcs et les autres Peuples qui en font usage, confirme cette assertion, et

cette vapeur agréable étoit portée aux pieds et aux genoux où je ressentois encore, principalement autour de la rotule, des *chatouillements* inexplicables ». —— Il résulte, de cela, que de toutes les substances narcotiques l'opium est celle qui agit de la manière la plus agréable. On sait que la fameuse boisson de ciguë que les Athéniens faisoient prendre aux criminels condamnés à mort, étoit un poison mêlé avec de l'opium et du vin, et causoit une mort très-douce.

L'opium n'agit point en coagulant le sang, ainsi qu'on l'a cru long-temps; au contraire, il le tient dans un état de fluidité. C'est ce qu'on a observé sur les cadavres des Turcs morts dans les combats, dont le sang se conserve liquide deux ou trois jours après qu'ils ont été tués. On n'ignore pas que ces peuples s'accoutument à prendre jusqu'à deux gros de ce narcotique et même au-delà; c'est ce qui leur donne cette audace féroce et intrépide qu'ils déploient dans les batailles. Au reste, l'usage de l'opium dans les maladies demande toute l'habileté d'un Médecin éclairé. Il a l'inconvénient d'arrêter les sécrétions, de masquer les symptômes et de jetter par-là de l'incertitude sur le caractère de la maladie. Dans une des notes de l'*Essai sur les fièvres aigues* par Etienne de la Montagne, Médecin mort à Bordeaux en 1769, on trouve des idées très-lumineuses sur l'action de ce remède; la manière de s'en servir et de le combiner avec d'autres substances pour parer à ses inconvéniens, et remplir les diverses indications qui se présentent. *Note du Traducteur.*

E

c'est sans doute à son action sur le systéme
nerveux qu'il faut attribuer le soulagement qu'il
apporte dans les fièvres de ce genre (1). Galien

(1) Dictorum veritas è singulari hilaritate quam opium
cæteraque hujus commatis modicè usurpantibus in principio
conciliant maximè elucexit. Gentes penè omnes in Indiâ, *
Japoniâ, Turciâ, Persiâ, ac reliquis regionibus orienta-
libus, opio depurato, et variis inde præparatis, nec minus
inebriantibus et narcoticis aliis frequentissimè in conviviis
et extra illa ad hilaritatem sibi conciliándam, mæroremque
discutiendum utuntur. Cartheuser, Mat. Med. Russel's,
hist. of Aleppo.

* C'est de toute antiquité, c'est chez les Nations les plus
barbares, que l'homme a trouvé l'art de préparer des
boissons enivrantes pour servir de remède à ses chagrins
ou à l'ennui de l'existence, pire encore que le chagrin.
« C'est la sagesse des Orientaux, dit Montesquieu dans ses
Lettres Persanes, de chercher des remèdes contre la tristesse, avec autant de soin que contre les maladies les plus
dangereuses. Lorsqu'il arrive quelque malheur à un Euro-
péen, il n'a d'autre ressource que la lecture d'un Philosophe
qu'on appelle Seneque ; mais les Asiatiques plus sensés
qu'eux et meilleurs Physiciens en cela, prennent des breu-
vages capables de rendre l'homme gai, et de charmer le
souvenir de ses peines ». Rousseau, qui n'a jamais connu
que l'homme de son imagination au lieu de l'homme de la
nature, a dit que l'homme qui pense est un animal dépravé.
J'aurois voulu lui demander où est cet animal non dépravé.

þaroît avoir recommandé beaucoup l'usage de
la thériaque, où l'on sait qu'il entre de l'opium
combiné avec des épices et autres aromates ; et
il dit (1) s'en être servi avec succès dans la
maladie cardiaque qui est la même que la fièvre
nerveuse, ainsi que je l'ai déja fait remarquer.

Ni l'opium, ni aucune de ses préparations
qui sont maintenant fort en vogue, ne passent
pas pour posséder des qualités antiseptiques ;
ni aucune autre vertu par laquelle il puisse agir
d'une manière assez marquée sur les fluides du

cet *âne renforcé*, qui a le bonheur de ne penser jamais. Voyez
ce quadrupède esclave, enchaîné dans sa cage ; il bâille, il
s'ennuie. Qu'est-ce que l'ennui ? Le sentiment réfléchi d'une
existence monotone. Qu'il seroit à souhaiter qu'on pût
trouver dans la Pharmacie un remède innocent qui put
rendre la paix à l'ame tourmentée par le désespoir, ou la
guérir de l'ennui que lui cause quelquefois sa prison ! Le
vin enivre, l'opium endort, le café empêche de dormir.
Peut-être en mêlant ces différentes substances qui se servi-
roient de correctif l'une à l'autre, en y ajoutant d'autres
ingrédients, on parviendroit à composer cette panacée de
l'ame, une des plus précieuses découvertes qu'on pût faire
en faveur de l'humanité. *Note du Traducteur sur le passage
de Cartheuser.*

(1) De Theriacâ ad Pisones.

E ij

corps humain , et quand même il posséderoit ces qualités , on le donne en trop petite quantité pour qu'il puisse produire quelque altération dans nos humeurs (1). Il est donc très-vraisemblable qu'il opère en calmant les agitations des nerfs , et en causant des sensations agréables , qui , de même que la joie, et les autres passions de ce genre , excitent le mouvement du cœur et des vaisseaux sanguins , et facilitent les fonctions du système organique. Cette conjecture se trouvera fortifiée encore par de nouvelles preuves, si l'on réfléchit que les passions qui débilitent le corps , comme la crainte , la tristesse, etc. ont de tout temps été mises au nombre des principales causes de la fièvre nerveuse. On est autorisé à croire , par la ressemblance des effets que produisent le vin et l'opium, que c'est à cette propriété générale qu'on peut attribuer les avantages qu'on en retire dans

(1) J'ai déjà dit dans une note précédente , que l'opium tenoit le sang fluide. Quand il ne produiroit pas cet effet par son action immédiate , il suffit qu'il excite le mouvement des vaisseaux sanguins pour que le sang battu , avec plus de force, acquière plus de fluidité. *Note du Traducteur.*

ces sortes de maladies. A la vérité, le vin (1)
pris en forte dose peut être utile comme anti-
septique ; mais si l'opium produit à-peu-près
les mêmes effets, comme on le dit, nous devons
attribuer cette efficacité du vin à quelque autre
vertu qu'il possède en commun avec l'opium ,
et qui ne peut être autre qu'une vertu sédative
et cordiale dont l'action se borne au systême
nerveux.

ORDRE II.

Maladies Inflammatoires.

GENRE IX.

La Phrénésie.

IL faut faire ici la plus grande attention aux
affections de l'ame. Quelques-uns des Auteurs
anciens ont donné des avis très-judicieux rela-

---

(1) Le vin est anti-septique par sa vertu tonique et par
l'acide qu'il contient. Je doute de la qualité anti-septique de
l'opium, et je crois que s'il la possédoit, les Turcs qui en
font tant d'usage, ne seroient pas si fort sujets à la peste.
Note du Traducteur.

tivement à cet article. Arétée entre dans des
détails, en apparence minutieux, mais qui n'en
sont pas moins d'une grande importance. Il
veut que le malade et ceux qui l'environnent,
soient dans la plus parfaite tranquillité, que
la chambre soit d'une grandeur suffisante, avec
des murailles (1) unies, parallèles et sans aucune
saillie ; il ne veut point qu'elle soit peinte ou
ornée de tableaux qui, selon lui, peuvent
frapper l'imagination malade et lui faire prendre
l'illusion pour la réalité. Il va jusqu'à prescrire
que les couvertures soient unies et sans aucune
inégalité à leur surface, pour que le malade ne
se fatigue pas en tâchant d'enlever ces inégalités.
Il veut aussi qu'on fasse venir auprès de lui un
de ses amis intimes, qui par des discours amu-
sants et des expressions affectueuses puisse
porter le calme dans son esprit.

Il recommande encore qu'on ait, autant
qu'il sera possible, la plus grande complaisance
pour les désirs du malade, sur-tout s'il est d'un
caractère irritable et porté à la violence. Si la
lumière lui est nuisible, ou paroît aggraver sa
maladie en lui offrant des objets qui exercent son

(1) Aret. de cur. Acut. morb. l. 1, c. 1.

imagination, il ordonne qu'on tienne la chambre très obscure. Que si au contraire l'obscurité, mettant l'ame dans un état d'incertitude, cause de la terreur au malade, il faut alors tenir sa chambre éclairée.

Cœlius Aurelianus s'accorde avec Arétée sur plusieurs de ces points, en y ajoutant quelques précautions de son invention. C'est ainsi qu'il prescrit d'éclairer la chambre avec une lumière douce et agréable comme celle d'une lampe (1), ou avec le jour qu'on introduira par une petite ouverture, et qu'on aura soin de diriger vers le visage du malade, comme un objet qui peut fixer son attention, et empêcher son esprit de se livrer à une foule d'idées incohérentes. On emploie souvent cette précaution dans la pratique moderne, et l'on sait qu'elle est d'une grande efficacité pour calmer le délire lorsqu'il n'est pas violent. Il

(1) Tenue atque blandum lumen immittere, lucernæ aut lucis Ætheriæ, sed arguto usu machinatum, quo velut per quandam cavernam ægrotantis vultum perfundat, et nullas tangat alias corporis partes. Sic enim mitigabitur alienationis augmentum et adjutorium id passioni aptum congruè servabit qualitatis effectum. Cælii Aurel. lib. 1, cap. IX.

veut aussi qu'on tienne éloignés (1) du malade
les personnes pour lesquelles il montroit de
l'aversion ou du dégoût dans l'état de santé ,
et qu'on donne accès auprès de lui aux personnes pour lesquelles il a de l'estime, mais
qu'il ne reçoive leurs visites que par intervalles
afin que l'habitude ne détruise pas l'effet qu'on
peut en attendre. Toutes ces précautions sont
très-convenables, étant fondées sur la raison
et sur l'expérience. Je m'étendrai davantage
sur ce sujet, quand je viendrai à traiter de la
manie et de la mélançolie.

GENRE XXIII.

L'Odontalgie ou mal de dents.

ON a souvent occasion d'observer les effets
de la crainte sur cette affection si douloureuse.
La vue de l'instrument avec lequel on va
arracher la dent donne quelquefois un entier
soulagement, quoique passager , même dans le

---

(1) Denique si quos sanitatis tempore invisos habue-
runt , intrare prohibemus, ne his visis asperentur. Eos verò
quos metu aut verecundiâ coluerunt , per intervalla intrare
permittimus, parit enim frequentia contemptum. Cæl. Aurel.
lib. 1, c. IX.

cas où la douleur est causée par une dent cariée (1). Ce qu'il y a de curieux dans ce fait, c'est que la douleur est appaisée sans que la cause stimulante qui la produisoit soit ôtée.

On remarque très-fréquemment cet effet dans les maux de dents, et je ne doute pas qu'on ne puisse l'observer dans beaucoup d'autres sensations douloureuses qui n'affectent point la santé. Je n'ai point trouvé de cas où ce moyen ait pu être mis en pratique, et comme le soulagement qu'il peut procurer n'est que passager, cela ne vaut guère la peine qu'on l'emploie (2).

(1) Haller, Physiol. vol. V, p. 585.

(2) Depuis que ceci a été écrit, je me suis rappellé que ce mal, quand il n'est pas bien violent, est souvent guéri par l'application de l'aimant artificiel. Cet effet ne peut être produit, quoiqu'en disent les défenseurs de cette imposture connue sous le nom de magnétisme animal (*), que par le dégré de confiance que le malade a pour l'efficacité de ce remède. Cette confiance n'est pas peu augmentée par la connoissance des propriétés de cette merveilleuse substance. Si la foi du malade n'est pas bien assurée, le remède manque son effet. Il est très-vraisemblable que plusieurs topiques de cette nature doivent leur efficacité, s'ils en ont quelqu'une, à la même cause.

(*) Un Charlatan a dit, « il n'y a qu'une maladie, et

G ENRE XXIV.

La Goutte.

C ETTE maladie qui peut être produite et
j'en ai le remède au bout de mon doigt ». Aussitôt le délire
s'empare de toutes les têtes. Tout le monde répète en
chorus, « il n'y a qu'une maladie et il en a le remède au bout
de son doigt ». — Un homme de bon sens auroit pu objecter
au Charlatan que, pour qu'il n'y eut qu'une maladie, il
faudroit que nos corps ne fussent composés que d'une
substance homogène ; que lorsque la vésicule de fiel regorge
de bile, ou bien quand le sang est embarrassé dans le
poumon, la maladie certainement n'est pas la même ; que
son fluide ne pouvoit agir que d'une manière uniforme sur
nos humeurs et sur les fibres qui composent le tissu de nos
organes ; que ces fibres pouvoient être ou trop tendues ou
trop relâchées, et que son fluide ne pouvoit être tout-à-la-
fois relâchant et stimulant, etc. mais le langage du bon
sens peut-il être entendu, lorsque l'idée du merveilleux a
fortement frappé toutes les imaginations ? Toutefois en
repoussant la chimère, il ne faut pas négliger la réalité.
Le prétendu magnétisme animal a pu produire, dans certains cas, de bons effets qu'il faut attribuer à des procédés
qui tiennent essentiellement à l'art de guérir, comme la
méthode des diverses frictions du corps, dont les anciens
avoient fait une science particulière, la sympathie qui existe
entre certains organes, etc. Il est à souhaiter que les vrais
Médecins, qui dans leur pratique et leurs ouvrages, écar-
tent tout ce qui a l'air du mystère, s'occupent de cet objet.
Note du Traducteur sur la note précédente.

entretenue par les passions de l'ame , a été
quelquefois guérie par les mêmes moyens.

Van Swieten (1) rapporte, d'après Hildan ,
qu'un homme s'étant déguisé en spectre, prit un
malade retenu par la goutte dans son lit , le
chargea sur ses épaules , et en descendant
l'escalier lui faisoit donner des pieds contre la
muraille et les dégrés. Enfin, il le laissa étendu
sur la terre. Le goutteux saisi de terreur se
relève (2) , recouvre l'usage de ses jambles et
remonte dans sa chambre avec la plus grande
vitesse. Depuis ce moment, il fut délivré de sa
goutte et vécut plusieurs années sans en ressentir aucune atteinte.

Une personne , qui pendant quarante ans,
avoit été tourmentée par la goutte , fut con-

(1) Van Swieten, vol. IV, pag. 397.
(2) On montroit à Bordeaux un lion d'une grandeur
monstrueuse. Le bruit se répand tout-à-coup que cet
animal s'est échappé. Un goutteux, qui entendoit la messe
dans une chaise-à-porteurs, ne pouvant faire usage de ses
jambes, se lève , et courant avec légéreté, il va monter sur
un autel, d'où il grimpe dans une niche. Quand l'alarme
fut passée, on fut obligé de prendre une échelle pour re-
tirer ce nouveau Saint du lieu où il étoit exposé à la véné-
ration des fidèles. *Note du Traducteur.*

damnée à une peine capitale. Lorsqu'on menoit
cet homme au lieu de son supplice, il reçut
tout à-coup sa grace. L'impression que cela
produisit sur son ame fut telle, que dès ce
moment il recouvra l'usage de ses jambes, dont
sa maladie ne lui permettoit de faire aucun
exercice, et véçut, ainsi que l'autre personne,
plusieurs années sans éprouver aucun accès de
cette cruelle maladie (1).

Haller (2) cite un cas encore plus extraordinaire d'une goutte qui fut guérie après que le
malade se fut mis dans une violente colère.

Ces faits et d'autres semblables sont plus
curieux qu'utiles, et l'on n'en peut faire aucune
application à la pratique (3). Quant à la colère,

(1) Van Swieten, vol. IV, p. 307.
(2) Haller, Phys. vol. V, p. 517.
(3) Pourquoi un Médecin prudent, avec certaines précautions que lui dicteroit sa sagesse, ne pourroit-il pas
employer l'effet de ces passions violentes dans le traitement
de certaines maladies ? Une des femmes du Calife Haroun-
Alraschid avoit un bras retiré, dont elle ne pouvoit faire
aucun usage. Un Médecin s'offre pour la guérir. Il fait
venir cette femme en présence de la Cour du Calife. Alors
il se baisse comme pour lever sa jupe et commettre un

c'est une passion qui a une si grande analogie avec la goutte, que Sydenham étoit d'opinion qu'un accès de goutte pouvoit également être appellé un accès de colère (1). Quoique cette conclusion passe un peu les bornes, elle ne laisse pas d'être fondée sur quelque vérité.

Notre pratique doit donc être dirigée vers les moyens de modérer (2) les passions, qui sont des symptômes aussi fâcheux que la maladie elle-même, et de rétablir ce calme et

attentat contre sa pudeur. Cette femme indignée étend la la main pour prévenir cet outrage; et dès ce moment elle est guérie. *Note du Traducteur.*

(1) Non enim rectius Podagræ, quam iracundiæ paroxysmus dici potest, cum mens et ratio usque adeo ab infirmato corpore enerventur, ut vel lævissimo affectuum motu impellantur et vacillent, unde non magis ipsi sibi quam aliis gravis est ægrotus. Quid quod et cæteris passionibus est obnoxius, timori videlicet, sollicitudinique, atque aliis id genus, a quibus pariter torquetur donec morbo evanescente animus quoque pristinâ tranquillitate receptâ unà convalescat. Sydenham, tract. de Podagrâ.

(2) Tranquillitas omni spe stabilienda est, cum perturbationes omnes, si repagula semel effringunt, ad podagræ generationem et incrementum multùm faciunt. Sydenham, tract. de Podagrâ.

cette tranquillité de l'ame que les goutteux éprouvent lorsque le paroxysme est passé.

ORDRE III.

Les Exanthemes.

GENRE XXVII.

La Peste.

Voyez l'article des fièvres contagieuses et malignes, pag. 53.

ORDRE IV.

Les Hémorragies.

Les hémorragies, considérées en général, offrent aussi des occasions à pouvoir employer l'influence des affections de l'ame. Les disciples de Stahl appliquoient aux malades des morceaux de jaspe et de pierre hématite (1). Il est

(1) Le corail est encore une de ces substances qui, offrant une couleur semblable à celle du sang, a été jugée propre à arrêter les hémorragies. On faisoit porter aux femmes, qui avoient des pertes de sang, un collier et des bracelets de corail. *Note du Traducteur.*

très-vraisemblable que le dégré de confiance que le malade avoit, pour de pareils topiques, suppléoit à leur peu de vertu, en fixant l'attention de l'ame et lui inspirant de l'espoir.

La crainte est une passion qu'on a employée avec un égal succès dans des cas semblables. Un crapaud vivant, pendu au cou est un remède connu et pratiqué dans la classe inférieure du peuple pour arrêter une hémorragie du nez (1). Il y a lieu de penser que les sensations d'horreur et de crainte causées par le contact d'un objet aussi odieux, peuvent retarder les oscillations des vaisseaux sanguins, et diminuer ainsi la vélocité avec laquelle le sang parcourt ses canaux.

(1) Je pense que ces remèdes (tels que ceux dont on vient de parler) ont quelquefois été utiles en imprimant à l'ame un sentiment de crainte et d'horreur. Cullen. premières lignes, pag. 764.

Si les avantages qu'on dit avoir retirés de l'application des crapauds vivants dans les maladies cancéreuses sont réels, ne peut-on pas les attribuer à la sensation d'horreur et d'aversion qu'a dû occasionner un pareil topique, et qui lui a donné la propriété de calmer et de repousser l'inflammation locale ?

Peü de Médecins voudroient maintenant s'exposer au ridicule que leur attireroient de pareilles ordonnances. Les connoissances qui se sont répandues dans toutes les classes de la société empêcheroient que ce remède n'eût aucune efficacité, et, tout le monde étant instruit actuellement que le crapaud n'est aucunement venimeux, ce seroit sans aucun effet qu'on y auroit recours dans ces maladies.

Quoique les faits dont on vient de faire mention soient très-peu applicables à la pratique ordinaire, cependant on peut en tirer des conséquences utiles. Il faut user de beaucoup de précautions lorsqu'on cherche à relever le courage, ou à ranimer les esprits de ceux qui éprouvent une hémorragie dangereuse. L'abattement de l'ame, et même un certain dégré de découragement peuvent servir à retarder l'impétuosité du sang et donner le temps au *thrombus*, ou caillot, de se former. Pour cette raison il ne faut pas trop se presser de donner au malade des assurances de salut, mais au contraire il est à propos de lui laisser quelque doute et quelque appréhension. On fait beaucoup de tort aux pulmoniques qui ont le crachement de sang, lorsqu'on se hâte de leur donner de fortes assurances de guérison.

Cela

Cela ne sert qu'à exciter le mouvement des esprits, qui déjà ne sont que trop agités, et par une suite naturelle, à accélérer la circulation, et augmenter l'écoulement du sang. Ces assurances qu'on donne au malade, lui deviennent d'autant plus nuisibles qu'elles lui font négliger souvent des avis salutaires.

D'un autre côté, quand l'hémorragie est naturelle ou salutaire, comme l'évacuation périodique chez les femmes, et le flux hémorroïdal chez les hommes, et qu'elle n'est point excessive en quantité, nous devons être très-prudents dans la manière d'employer les passions qui ont la propriété d'affoiblir. Plusieurs des maladies des femmes qui ont rapport à l'écoulement périodique, doivent leur origine aux diverses impressions de l'ame.

GENRE XLII.

L'Evacuation Menstruelle.

ESPECE II.

L'Avortement.

On connoît les effets que produisent les troubles de l'ame chez les femmes enceintes,

F

effets dont l'avortement est souvent la suite funeste , mais il est très-difficile d'en donner une raison plausible. Quelques-unes des circonstances qui y ont rapport sont cependant dignes de remarque.

Premièrement donc il paroît que dans l'état de grossesse (1), l'irritabilité du systême nerveux se trouve en général augmentée, et que l'ordre des sensations est altéré. C'est ce qui se manifeste par le changement du caractère, la dépravation de l'appétit, et même l'altération des facultés de l'ame dans quelques personnes, ce qu'on ne peut attribuer qu'à l'état de grossesse.

Nous ne connoissons point assez les loix de l'économie animale, pour décider s'il faut reconnoître pour cause de ces effets la distension de la matrice et la pression qu'elle exerce sur les nerfs qui entrent dans le tissu de son organisation, ainsi que sur ceux des autres viscères environnants, ou si ces effets sont produits par une cause plus directe et plus particulière. Quoique nous ne puissions point expliquer de

(1) Cullen's Pract. of Physick.

quelle manière la matrice agit dans cet état ,
nous pouvons toujours conclure que dans cette
situation les nerfs se trouvant affoiblis ; et ayant
des mouvements irréguliers ; les passions qui
débilitent sont d'autant plus dangereuses qu'elles
tendent à produire des convulsions qui sont
l'effet naturel de la foiblesse. Ces convulsions
se manifesteront particulièrement dans la partie
où les nerfs se sont trouvés le plus affectés ,
et qui par sa structure est formée pour produire
de grands efforts musculaires , lesquels deviennent alors nécessaires pour chasser le fœtus de
la matrice. Les passions stimulantes , quoique
peut-être moins dangereuses , ne laissent pas
de pouvoir mettre en péril la femme enceinte;
La colère, par exemple , quoique stimulante
dans ses premiers effets ; devient bientôt fati-
gante et finit par affoiblir. Sous ce rapport, il
faut particuliérement en garantir la femme
grosse (1). Même une grande joie produit un
relâchement dans ses nerfs , après que le *stimu-*

(1) Fæmina triginta annorum robusta et proceræ
staturæ versabatur ferè quotidie in foro, ubi rixis quotidianis
et iracundiæ indulgere solita erat. Cum jam termino gra-
viditatis proxima esset , subitâ irâ excanduit dum vicina
mulier puerum ejus quinquennem percuteret. Mox aliquid
insoliti sentiens in corpore prædixit se inde morituram. Post

lus a cessé d'agir , et il faut empêcer soigneu-
sement qu'une femme, dans sa grossesse, ne
se livre trop à cette passion. L'espoir ou plutôt
le dégré de confiance qu'elle peut avoir, se
promettant que son accouchement sera heureux, est l'état de l'ame (1) le plus à souhaiter
pour une femme dans une semblable position.

CLASSE II.

Affections nerveuses.

ORDRE I.

Maladies Comateuses.

GENRE XLIV.

L'Apoplexie.

LES passions violentes de l'ame, la colère
ou la crainte (2) , sont comptées au nombre

aliquot dies subitò profusa uteri hæmorrhagia sequitur unde
convulsa periit antequam quid tentari posset ut servaretur.
Van Swieten, vol. IV, p. 497.

(1) Omnes ergo animi motus cavendi sedulò sunt; ab
omni curâ rei domesticæ arcendæ sunt puerperæ; nec
lætus, nec tristis nuncius; ne pacata serenæ mentis tranquillitas turbetur ullo modo. Van Swieten, vol. IV, p. 601.

(2) Van Swieten, Comm. vol. III, p. 271.

des causes qui produisent l'apoplexie. Cependant il paroît probable que les passions stimulantes doivent causer ces sortes de maladies dans les personnes pléthoriques, qui ont le cou court, etc. et c'est alors vraisemblablement ce que l'on nomme apoplexie sanguine. Les passions qui affoiblissent, produisent l'apoplexie séreuse dans les personnes maigres, dont le système nerveux est foible, et cette apoplexie est plutôt causée par l'inanition que par la pléthore. Cependant les passions stimulantes, si elles ont un certain dégré de violence, produisent cette dernière espèce d'apoplexie par le relâchement qui succède à la trop forte tension des nerfs. L'application de ces faits se présente d'elle-même.

ORDRE II.

Foiblesses.

GENRE XLIV.

La Syncope.

ON connoît les effets que produisent les troubles violents de l'ame, et les foiblesses et défaillances qui en sont la suite. Ces agitations

sont quelquefois si fortes, que le système nerveux ne pouvant réagir, une mort subite s'en
est ensuivie.

On observe que les passions (1) qui affoiblissent, produisent plus ordinairement cet effet.
Cependant les passions stimulantes ont quelquefois opéré d'une manière semblable ,
particulièrement la joie. Ces faits indiquent les
précautions qu'il faut prendre en de pareilles circonstances, mais qu'il faut éviter de porter trop
loin. Les personnes dont les nerfs sont extrêmement irritables, contractent facilement l'habitude
de s'évanouir, et rien ne fortifie plus cette habitude qu'une inquiétude trop marquée pour leur
faire éviter tout ce qui pourroit les jetter dans
cet état. Cela fixe leur esprit sur les objets que
nous voulons empêcher leur imagination de se
représenter , et les accidents les plus ordinaires,
deviennent alors la cause de la maladie qu'on
vouloit éloigner. Une (2) ferme résolution de

(1) M. Sauvage rapporte qu'il tomba en défaillance en
voyant rompre un criminel.

(2) Hunaud célèbre Anatomiste ne pouvoit, lorsqu'il
étoit enfant, voir un corps mort sans se trouver mal. La

résister aux impressions que certains objets peuvent faire, est le moyen le plus efficace pour changer cette disposition. Haller en rapporte un exemple , et chacun peut observer par soi-même des faits qui tendent à confirmer cette proposition.

Genre XLVI.

L'Affection hypochondriaque.

Cette maladie , dont l'ame éprouve principalement les effets, donne un libre champ pour l'emploi des passions. Cependant il faut s'en servir avec beaucoup de dextérité et de prudence. Les malades sont ordinairement d'une humeur très-sombre ; leur esprit est abattu par l'extrême crainte que leur inspire leur situation , dont ils désespèrent de pouvoir jamais sortir. Le moral et le physique ont un égal besoin des remèdes qui fortifient et qui donnent de la gaieté.

passion qu'il avoit pour l'anatomie lui fit vaincre une répugnance qui ne pouvoit s'accorder avec son goût pour cette science. *Note du Traducteur.*

F iv

Leur dire que leur maladie ne consiste que dans l'imagination, c'est vouloir exciter leur colère, et leur donner lieu de croire que leurs amis ne se soucient pas beaucoup de leur guérison. D'un autre côté, montrer une opinion semblable à la leur , relativement aux maux dont ils se sentent accablés, c'est chercher à rendre leur état encore plus cruel, en aggravant le sentiment des angoisses dont ils sont tourmentés.

Il semble que le parti le plus judicieux qu'on puisse prendre , c'est d'exciter le courage (1) des malades, de leur représenter qu'il est indigne du caractère qui convient à l'homme, de se plaindre continuellement des maux qui sont attachés à l'humanité, qu'une ame noble et généreuse doit résister aux coups du sort et ne pas s'en laisser abattre.

(1) Hypochondriaci admonendi sunt virum fortem dedecere hanc levium malorum intolerantiam, atque continuam de hisce quere'am. Si enim satis persuasi forent neminem ex omni parte beatum in hac vitâ, nisi qui tedia et labores, tum animi, tum corporis eodem animo patitur ac natus paternâ manu castigatus, illi leves sanitatis alterationes non tanti facerent. Sauvages , Noso!. Methodic. Class. VIII, Genre V,

Souvent un peu de raillerie, mais avec modération, sans aigreur ni sarcasme, pourra produire un bon effet. A la vérité il faut beaucoup de délicatesse pour employer ce moyen.

Les personnes, qui sont auprès des malades, doivent faire tous leurs efforts pour empêcher, autant qu'il est possible (1), qu'ils ne réfléchissent sur leur situation et sur l'état de leur santé. Les affaires, les voyages, les amusements employés d'une manière judicieuse, peuvent concourir à produire cet effet. Je pense que l'exercice du corps doit une grande partie de son efficacité à la distraction qu'il procure. Car on a remarqué que ses bons effets ne se mani-

(1) Expedit ut aliis fortioribus ideis excitatis, idea morbi ex eorum animo deleatur. Plures visi sunt, qui superveniente liti, aut gravi negotio, morbi sui obliti sunt, et qui ejus oblivisci potest, salvus est. In hunc finem nihil convenientius equitatione per loca amœna, tempestate serenâ, aut, quod eodem recidit, peregrinatione, navigatione, rusticatione, ast æquitatio præstat cæteris ; omni enim instanti continuo novis et variis objectis visus, auditusque percellitur, ita ut ferè impossibile sit animam ab attentione funestâ non averti, et aliis cogitationibus non assuescere, in quo magna pars curationis consistit. Sauvages. Nos, Meth. Clas. VIII, Genr. V,

festent jamais davantage que lorsque les malades
sont obligés de s'y livrer pour des affaires qui
fixent leur attention, et auxquelles ils prennent
un vif intérêt. L'équitation est par cela même
préférable à l'exercice de la voiture, d'autant
que pour conduire son cheval, il faut de la
part du cavalier une attention continuelle.

GENRE XLVII.

Chlorose ou pâles couleurs.

Une des espèces de ce genre est la *Chlorosis
Amatoria*, qui est étroitement liée aux impressions de l'ame ; mais l'emploi des affections
morales en pareil cas doit être confié à des
personnes prudentes, et dirigé d'après les
circonstances particulières. Une plus longue
discussion la-dessus seroit déplacée dans cet
ouvrage (1).

(1) On ne voit pas quelles raisons particulières ont pu
empêcher le Docteur Falconer d'entrer dans quelques
détails sur un sujet aussi important, et qui tient aussi
essentiellement au but de sa dissertation. L'amour, dont
les Poëtes ont fait un Dieu, et qu'ils ont peint des couleurs
les plus brillantes, est une maladie formée par la réunion
des impressions morales et physiques. Comme maladie,

ORDRE III.

Les Spasmes.

GENRE LIII.

L'Epilepsie.

Peu de maladies démontrent plus évidemment que celle-ci le pouvoir des affections de
l'ame. Elle doit souvent son origine au déran-

son siège principal paroît être dans le plexus nerveux des
viscères renfermés dans les hypochondres. Delà cette
chaleur brûlante qui dévore les entrailles des personnes
amoureuses. On peut expliquer par-là pourquoi de fréquentes purgations ont quelquefois emporté cette maladie ,
sans en laisser aucun souvenir. Quoiqu'en disent les parti-
sants de l'amour platonique , le physique seul constitue
l'essence de cette passion. On n'a jamais vu d'amants en
cheveux gris soupirer l'un pour l'autre. L'absence et le
temps en sont les principaux remèdes. Rousseau , qui ne
connoissoit rien au physique de l'homme , et toujours occupé à peindre des êtres imaginaires , nous représente
Saint-Preux toujours amoureux, vivant tranquillement dans
la maison de sa maîtresse , mariée avec un autre , mais
toujours fidelle à son mari, qu'elle n'aime pas, et prêchant
toujours la sagesse à son ancien ami, qu'elle aime toujours.
L'Auteur des *Passions de Verther*, qui connoissoit beaucoup mieux l'homme , a montré par la manière dont il a

gement produit dans les organes par quelque passion, et c'est ordinairement à cette même cause qu'il faut attribuer le renouvellement de ses paroxysmes. Les passions qui produisent la joie, ainsi que celles qui causent la tristesse, donnent également naissance à cette maladie (1). Van Swieten met au nombre des causes de cette maladie la colère, la joie, la terreur et le chagrin. L'effet produit par l'association des idées est ici très-remarquable. Un enfant eut une attaque d'épilepsie causée par la crainte que lui fit un grand chien en sautant sur lui (2). Le paroxysme se renouvella quelque temps apres, l'enfant ayant vu un plus grand chien que celui dont il avoit eu peur, et même en l'entendant aboyer de loin. On sait très-bien qu'en rappellant à l'esprit les circonstances qui ont précédé l'accès, cela suffit souvent pour le

amené la funeste catastrophe de son roman, le danger auquel on s'expose, en nourrissant cette passion terrible par la présence de l'objet aimé, lorsqu'on ne peut plus espérer d'en avoir la possession. *Note du Traducteur.*

(1) Van Swieten, vol. III, p. 414; Morgagni de sed. et causâ merborum, Epist. LXIV, art. 5.

Morgagni rapporte l'histoire d'un homme qui deveint épileptique, après avoir éprouvé une grande terreur.

(2) Van Swieten, *Ibid.*

reproduire. Aussi Galien (1) recommande très-judicieusement d'éviter avec soin tout ce qui peut retracer au malade le souvenir de sa maladie. Quelques uns des anciens Médecins observant combien cette maladie a de rapport avec les affections de l'ame, et avec quelle facilité elle peut être reproduite par le souvenir, ont tâché de faire diversion à de telles idées en excitant des sensations encore plus fortes. C'est, je pense, d'après un tel principe que (2) Pline a conseillé de faire boire au malade le sang tout chaud d'un gladiateur qui vient d'être tué. Stribonius prescrit pour le même effet de manger une portion de son foie. (3) Arétée, non-seulement fait mention

(1) Τȣ παθȣς αναμνησαι. Consil. pro puero epileptico. cap. II, tom. II, p. 288.

(2) Sanguinem quoque gladiatorum bibunt ut viventibus poculis comitiales morbi, quod spectare facientes eâdem arenâ feras quoque horror est. At hercule illi ex homine ipso sorberi efficacissimum putant calidum spirantemque et unà ipsam animam ex osculo voluerunt, cùm plagis ne ferarum quidem admoveri ora fas sit humana. Alii medullas crurum quærunt et cerebrum infantium. Plin. Hist. Nat. lib. XXVIII, cap. I.

(3) Item ex jecinore gladiatoris jugulati particulam aliquam novies datam consumant. Quæque ejusdem generis

de ces remèdes, mais encore il en cite plusieurs
autres très-dégoutants , comme le cœur tout
crud d'une poule d'eau , le cerveau d'un
vautour (1) etc.

Si ces remèdes étranges et faits pour révolter,
ont eu quelque efficacité , il faut l'attribuer à
la forte impression qu'ils produisent sur l'ame
dont ils détournent l'attention de dessus les
objets qui pouvoient rappeller le souvenir de la
maladie, et en renouveller le paroxysme.

On remarque , au sujet de cette maladie ,

sunt extra Medicinæ professionem cadunt, quamvis pro-
fuisse quibusdam visa sunt. Scribon. Larg. cap. 11.

(1) Λογος η οτι γυπος εγκεφαλος , η αιθυης ωμης κραδιν,
η οι ενοικαδοι γαλεοι βρωτεν τες λυσσι τον νουσον. Εγω δε
των δε ουκ επειρηθεν. Εθεασαμεν δε ανθρωπουγε νεοσφαγεως
υποθεντας φιαλην τω τρωματι , η αρυσαμενος του αιματος
πινοντας. — Αλλη δε τις γραφη εφαζεν ηπαν ανθρωπου
φαγειν. Aretæi diut, Morb. l. 1, cap. 4.

« On dit aussi qu'on se guérit de cette maladie en man-
geant le cerveau d'un vautour, le cœur d'un plongeon ou
d'une belette. Je ne voudrois pas conseiller de tels remèdes.
On en a vu présenter une coupe à la blessure d'un homme
qui venoit d'être tué, et boire le sang qui découloit. —
Certains Auteurs prescrivent de manger le foie d'un
homme ».

que la vue (1) des personnes qui en sont attaquées fait éprouver les mêmes accidents à
ceux qui les regardent dans cet état. Ce fait
doit être rapporté au principe d'imitation dont
nous avons déjà parlé, et dont on voit ici un
exemple bien frappant.

Ce pouvoir de l'imitation se manifesta d'une
manière étonnante aux yeux du célèbre Boerrhaave. Dans un Hôpital, où il se trouvoit,
une personne fut attaquée d'épilepsie à la vue
des autres malades (2). Cela fit sur eux une

(1) Hildan, III, obs. 8.

(2) Les Commissaires chargés par le Roi de France de
l'examen du Magnétisme animal, ont prouvé par les expé-
riences les plus décisives, que l'imagination seule est capable
de produire ces mouvements convulsifs qu'on a faussement
attribués au fluide magnétique. Ils rapportent une histoire fort
semblable à celle que raconte Boerrhaave.

« Lors de la cérémonie de la première Communion en
la Paroisse de Saint Roch, il y a quelques années (1780)
après l'office du soir, on fit, ainsi qu'il est d'usage, la
procession en dehors. A peine les enfants furent-ils rentrés
à l'Eglise, et rendus à leurs places, qu'une jeune fille se
trouva mal et eut des convulsions. Cette affection se propagea
avec une telle rapidité, que dans l'espace d'une demi-heure
50 ou 60 jeunes filles, de 12 à 19 ans, tombèrent dans les
mêmes convulsions, c'est-à-dire, serrement à la gorge, gon-
flement à l'estomac, l'étouffement, le hoquet et les con

telle impression , qu'un grand nombre tomba aussitôt d'épilepsie , les mêmes symptômes se propageant des uns aux autres avec une in-croyable rapidité.

On demanda à ce grand Médecin son opinion sur les remèdes qu'il falloit employer pour cette maladie ; il imagina très-sagement que, comme ces accès avoient été produits dans l'origine par une forte impression faite sur l'ame, le moyen de guérison le plus efficace seroit d'effacer cette impression par une autre encore plus forte. En conséquence , il ordonna qu'on pré-parât des cautères actuels , et qu'on les tint

vulsions plus ou moins fortes. Ces accidents reparurent à quelques-unes dans le courant de la semaine ; mais le Diman-che suivant étant assemblées chez les Dames de Sainte Anne , dont l'institution est d'enseigner les jeunes filles , douze tombèrent dans les mêmes convulsions , et il en seroit tombé davantage , si l'on n'eût eu la précaution de renvoyer sur le champ chaque enfant chez ses parents. On fut obligé de multiplier les écoles. En séparant ainsi les enfants, et ne les tenant assemblés qu'en petit nombre , trois semaines suffirent pour dissiper entièrement cette affection convulsive-épidémique.

Rapport des Commissaires chargés par le Roi de l'examen du Magnétisme animal , pag. 54.

chauds

chauds pour les appliquer au premier qui éprou-
veroit ces accidents. L'effet de cette ordonnance
fut décisif, et il n'y eût plus d'épileptique par
imitation. Un grand nombre de remèdes ab-
surdes et singuliers, de préparations faites par
des Charlatants, n'opère en pareil cas que
d'après ces principes. Le dégré de confiance
qu'ont les malades est le plus efficace de tous
les ingrédients dont ces remèdes sont composés.

C L A S S E I V.

Les Spasmes.

O R D R E I.

La Crampe.

La crampe est aussi un exemple remarquable
de l'influence des passions de l'ame. Ce seroit
un soin ridicule de faire l'énumération de tous
les remèdes bizarres qu'on a recommandés pour
cette maladie. Il suffit de dire qu'en général ils
n'ont aucune efficacité par eux-mêmes, et que
leur succès est entièrement fondé sur l'imagination. Quelques-uns de ces remèdes agissent en

causant de la surprise ou de l'horreur, comme de rompre un bâton de soufre dans la main, de porter sur soi des cloux ou des morceaux d'une vieille biere, et autres choses pareilles. La manière dont ces remèdes opèrent, est semblable à celle dont agissent plusieurs autres de ceux qu'on emploie dans les affections spasmodiques.

CLASSE V.

Dyspnée ou difficulté de respirer.

ORDRE I.

Dyspnée Spasmodique.

GENRE IV.

Hoquet accidentel.

CETTE espèce de hoquet, qui est la seule qui servira d'objet à nos recherches, peut à peine être appellée une maladie; mais elle ne laisse pas d'être quelquefois très-incommode. La manière dont on guérit cette maladie, par

les affections de l'ame, est d'un usage si ordinaire, qu'elle sert plutôt de sujet de plaisanterie, qu'elle ne peut être l'objet des recherches
d'un Médecin. Cependant elle n'est pas indigne
de son attention, d'autant qu'il est très-pro-
bable qu'on pourroit employer les mêmes
moyens dans des maladies d'une plus grande
impoitance. On observe que le hoquet est
arrêté par tout ce qui peut fixer fortement
l'attention, soit que la passion (1) qui en
résulte soit du genre stimulant ou affoiblissant.

GENRE LXIII.

La Passion Hystérique.

LES observations précédentes, relatives à
l'épilepsie, ont un égal rapport avec cette
maladie.

On sait combien les passions sont irritables
chez les personnes hystériques, et que l'irré-

(1) Quod animæ imperium clarè denotat, nuncio
quocumque gravi, aut sermone singultientis admirationem,
verecundiam, aut pathema quodvis excitante illicò sistitur,
Sauv. Class. V. Gen. singultus.

solution et l'inconstance sont au nombre des symptômes qui donnent la connoissance évidente de cette maladie. Une sensibilité morbifique accompagne toujours cette sorte d'affection (1), et cette sensibilité est très-aisément mise en jeu par les passions de l'ame. Rien ne contribue plus à aggraver cette maladie, que l'indolence (2) et le vuide d'une ame qui ne s'occupe d'aucun objet. Il faut donc chercher à procurer aux malades un sujet qui intéresse leur esprit, et auquel l'attention demeure fixée avec assiduité. La crainte même, excitée par dégrés, et lorsqu'il n'y a point de danger imminent à redouter, a été efficace pour prévenir cette affection. L'appréhension d'encourir la disgrace d'un parent, à qui on suppose qu'une telle maladie déplaît, a contribué à prévenir les paroxysmes.

(1) Principium proximum hysteriæ est summa philautia, seu amor effrænis vitæ et voluptatum, unde minimorum incommodorum intolerantia, exaggeratio, propositi instabilitas, summa sensibilitas, irritabilitas. Sauv. Art. hysteria.

(2) Dum corpus otio indulget, animæ negotia facessunt ; pathemata, ira, invidia, zélotypìa, amor, tædium, lites, ærumnæ. Sauv. Art. hysteria.

J'ai été informé d'une manière certaine, que pendant les troubles de l'Ecosse, dans les années 1745 et 1746, la passion hystérique ne s'est presque pas montrée.

Les accès hystériques, ainsi que ceux de l'épilepsie, reprennent souvent à l'aspect des personnes qui sont dans cet état. J'ai eu l'occasion une fois d'en voir un exemple dans une des villes de ce Royaume, où l'on va prendre les eaux minérales. Une Dame eut tous les symptômes de cette affection pendant le Service Divin. En moins d'une minute, six personnes, dont quelques-unes n'avoient jamais éprouvé cette maladie, furent attaquées des plus violentes convulsions. Quoique de tels exemples montrent la nécessité de prendre des précautions, cependant je crois qu'une sollicitude trop marquée peut faire plus de mal que de bien. Rien n'augmente plus l'appréhension du danger, et ne donne plus lieu de croire que le péril est plus grand qu'il ne l'est en effet, que le soin qu'on montre pour le faire éviter. Cela tient les malades dans un état d'irritabilité douloureuse, qui constitue essentiellement la nature de cette maladie. Il vaut

G iij

beaucoup mieux accoutumer peu-à-peu ces personnes à souffrir patiemment les incidents ordinaires de la vie (1). Si l'on a l'air de raconter d'une manière indifférente des faits dont elles ont coutume d'être affectées, si l'on n'y ajoute aucune circonstance qui serve à les exagérer, elles finiront (2) par les écouter sans la moindre

(1) Ceci paroît conforme à l'avis d'Arétée. αταρ ἢ εν τω παντι βιωχρη οξυθυμιην αυγητον εμποιειν. « Il faut accoutumer les malades à ne pas se laisser emporter par la colère dans les événements ordinaires de la vie ». Aret. Cur. Diut. Morb. LIV.

(2) C'est l'opinion de plusieurs grands Ecrivains, que la force des impressions faites sur la sensibilité diminue par la répétition des mêmes sensations, au lieu que celles qui sont faites sur l'irritabilité du système nerveux augmentent par cette même répétition. Mais je crois que cela dépend beaucoup de la force de la première impression, soit qu'elle ait été dirigée sur les facultés sensitives, ou seulement sur les organes. Les purgatifs n'ont plus d'effet quand on les réitère. Dès qu'on est habitué à l'usage de l'opium et du tabac, ils cessent d'agir si l'on n'en prend pas de fortes doses. La sensibilité de notre ame s'émousse pareillement lorsque l'objet qui l'excitoit renouvelle trop souvent ses impressions. Il y a lieu de penser que la première fois que les Bouchers égorgent d'innocents animaux, ils éprouvent du remords et de la pitié, mais l'habitude les rend ensuite insensibles à l'aspect du sang que versent leurs mains. Il en est de même des objets qui inspirent la terreur et l'étonnement. Une

émotion. Mais au lieu de tenir une conduite aussi sage, il n'est que trop ordinaire de voir les parents entretenir la sensibilité de leurs

bataille ou une tempête, quelques terribles qu'elles paroissent à des yeux qui n'y sont pas accoutumés, ne font plus d'impression, sur celui qui est habitué à voir ces sortes de spectacles. D'un autre côté, quand la première impression est très-forte, et qu'elle a produit un effet violent, une force inférieure à la première produira le même effet. C'est ainsi qu'on a remarqué que si une personne, qui n'est pas accoutumée à l'usage des purgatifs, prenoit une dose de quinze grains d'aloès, l'irritation permanente que produiroit ce remède après qu'il auroit opéré, seroit telle qu'ensuite la moitié, le quart et même le dixième de cette dose purgeroit autant que la première. Si l'homme qui la première fois a vu avec douleur massacrer un bœuf, avoit été témoin du meurtre d'un homme au lieu de celui de cet animal, peut-être il n'auroit jamais pu voir ensuite égorger aucune créature vivante. On raconte de Théodoric, Roi des Goths, que quelque temps après qu'il eût fait mettre à mort injustement Boece et Symmaque, on servit sur sa table la tête d'un grand poisson. Le Monarque, déchiré par les remords, et l'imagination égarée par le souvenir de son crime, se figura que c'étoit la tête de Symmaque qui lui reprochoit sa cruauté. Cela fit une telle impression sur son esprit, que se trouvant accablé d'horreur et d'étonnement, il perdit toutes ses forces, et l'on fut obligé de le porter dans sa chambre, où il mourut quelques jours après. Notre grand Poëte Shakespear nous offre une situation à

-enfants, sur-toùt de leurs filles, et la porter au
plus haut dégré par l'attention qu'ils ont
d'écarter d'eux tout ce qui peut donner la
moindre interruption à leurs plaisirs, ou obliger
leur esprit d'employer ses facultés pour résister aux impressions de la douleur. Il paroît
que le systême actuel qu'on adopte dans le
grand monde, est de tenir l'ame dans un état
de tranquillité, et d'ôter aux passions toute
leur énergie. Il est difficile de déterminer si
ce systême est moins préjudiciable au corps
qu'à l'esprit, d'autant qu'il paroît tendre également à efféminer l'un et l'autre.

L'affectation contribue encore à augmenter
ces maux. On accroît cette sensibilité outrée, on
lui donne encore plus d'exaltation, en voulant
la faire passer pour délicatesse, et pour le
caractère d'une ame tendre. On va même jusqu'à
feindre d'être malade, comme si c'étoit la

peu près semblable, qu'il a peinte avec beaucoup de
force.

Dans un repas que donne Macbeth, une place vacante
lui rappelle l'image du crime qu'il a commis dernièrement.
Son imagination troublée fait asseoir dans cette place la
personne qui a été l'objet de sa cruauté, et lui retrace
toutes les circonstances de cette action atroce.

marque d'une disposition aux sentiments affec-
tueux. Mais si nous examinons attentivement
le cœur humain , nous reconnoîtrons qu'on
trouve bien plus de bienveillance et d'humanité
dans les personnes d'un esprit ferme, qui ont
éprouvé les diverses vicissitudes de la fortune
(1) , que dans celles qui ont passé leurs jours
dans une suite uniforme de plaisirs , d'où naît
toujours l'égoïsme, l'insouciance et la pusil-
lanimité.

Un profond Moraliste a remarqué que les
personnes accoutumées à voir leurs volontés
toujours suivies, sont portées à la sévérité et à
la cruauté. Il observe qu'un mélange de bonne
et de mauvaise fortune est nécessaire pour
inspirer à l'homme des sentiments de pitié et
d'humanité pour ses semblables (2).

(1) C'est cette idée qui a inspiré à Virgile ce vers si
profond et si bien senti :

    Non ignara mali miseris succurrere disco.

Note du Traducteur.

(2) C'est l'école de l'adversité qui forme les grands
Rois, comme c'est le bonheur qui fait l'éducation des
tyrans. Voltaire, au commencement de sa Henriade, disoit
en parlant de Henri IV.

    Qui par le malheur même apprit à gouverner.

Genre LXVI.

La Melancolie.

Le caractère distinctif de cette maladie, est une attention constante à la même idée, où la raison se montre en défaut, tandis qu'elle paroît saine à l'égard des autres objets.

On voit qu'on a ici un vaste champ pour l'exercice des passions. Le point auquel il faut

Un critique lui fit sentir que loin de faire remarquer, comme une chose singulière, que le malheur pût apprendre à gouverner, on devoit le montrer comme le meilleur instituteur des Rois. Il se corrigea et mit,

Qui par de longs ma h u s apprit à gouverner.

Il auroit pu mieux corriger et exprimer cette idée avec plus de force. Quant à la dureté et l'inhumanité qui accompagnent le bonheur, la remarque du Moraliste est très-juste : voilà pourquoi les riches, en général, sont insensibles. Il faut un grand fonds d'humanité, pour que la prospérité ne vous endurcisse pas. Aussi Voltaire, dans sa Tragédie de Zaïre, donne le coup de pinceau le plus vigoureux au caractère bienfaisant d'Orosmane, en lui faisant dire, au moment de posséder sa maîtresse :

Je veux que tous les cœurs soient heureux de ma joie.

Vers admirable et aussi beau que celui de Virgile qu'on a cité. *Note du Traducteur.*

viser est d'interrompre l'attention de l'ame , qui se porte toujours vers le même objet , et de lui offrir une grande variété d'idées qui puisse l'exercer. Cependant il faut , dans l'exécution , beaucoup de précaution et de délicatesse. Les mélancoliques ont en général une grande opinion de leur prudence et de leur sagesse ; ils sont portés à ne pas faire grand cas des amusements ordinaires de la vie, particulièrement de ceux dont on jouit dans la société, d'autant qu'ils se figurent toujours qu'on les néglige et qu'on les méprise.

Les voyages (1) paroissent être les moyens de guérison les plus surs. Ils ont l'avantage

(1) Præcipua curatio in hoc consistit , ut anxia illa et perpetua cogitatio, cui mens inhæret, mutetur : verùm hîc multâ cautelâ opus est. Omnes enim melancholici solent indignari, si pro talibus habeantur : morosi sunt ; plus se sapere credunt quam reliquos homines, et ægerrimè solent ferre , si oblectamenta illis offerantur , tuncque sæpè pertinacissimè omnia illa repudiant ; et tantò magis fugiunt consortia hominum a quibus se contemni credunt. Præ reliquis omnibus prosunt itinera ; tunc enim nova occurrunt atque insolita objecta, quæ satis efficaciter in mentem agunt et cogitationem mutant, Van Swieten, vol. III, p. 578.

d'offrir à l'esprit une grande variété d'objets qui fixent son attention, sans marquer l'intention qu'on a de distraire les malades.

Quand les circonstances et la situation du malade permettent de le faire voyager, on peut faire rapporter le but du voyage au caractère et aux divers goûts de celui qui est travaillé de l'affection hypochondriaque. Van Swieten rapporte (1) que plusieurs Hommes de Lettres attaqués de cette maladie, ne pouvant se résoudre à aller chercher leur guérison dans les pays où il y a des eaux minérales, craignant par-là de confirmer l'opinion que le monde avoit qu'ils étoient malades, se sont laissés engager à voyager, sous prétexte d'aller visiter des Bibliothèques, des Académies, etc., et ont été parfaitement guéris par la distraction que leur ont causée tous ces divers objets.

On recommande, en certains cas, de tâcher d'exciter des passions d'une (2) nature opposée à celles qui ont exercé leur empire dans le cours de la maladie. Ainsi, l'on doit entre-

(1) Van Swieten, vol. III, p. 578.
(2) Van Swieten, vol. III, p. 512. Cels. III, 18.

tenir les personnes timides avec des discours qui puissent tendre à exciter leur courage et leur inspirer de la résolution. Celles qui sont d'une humeur sombre doivent être égayées et diverties par différents amusements. Les personnes (1) violentes et emportées doivent être retenues par la crainte. Cet avis paroît convenable , mais je crois qu'on peut rarement le mettre en usage.

La honte même est une passion dont on peut se servir avec succès pour prévenir les suites de cette maladie. Plutarque raconte (2) que les filles de Milet furent attaquées d'une folie épidémique , qui les portoit à se donner la mort. Tous les moyens qu'on employa pour les guérir de cette phrénésie se trouvèrent inu-

(1) Fuit homo satis celebris apud Batavos insanientium curâ qui hac methodo utebatur et multos sanabat. Simulac delirarent , tractabat miseros ferarum instar verberibus , catenis , perfusione aquæ frigidissimæ , fame , siti , etc. Dum mitescebant omni modo blandiebatur illis , nihilque omninò negabat illarum rerum quas desiderabant. Hoc modo effecit ut metus verberum cœrceret incipiens delirium et tandem deleret vanas illas imaginationes. Van Swieten , vol. III , p. 514.

(2) De virtutibus mulierum.

tiles. Enfin , les Magistrats ordonnèrent que les corps de celles qui auroient ainsi attenté à leurs jours seroient traînés tout nuds dans les rues. Ce genre de supplice si alarmant pour la pudeur mit fin à ces suicides , et la honte fut plus puissante sur l'esprit de ces filles , que toutes les autres affections morales qu'on avoit tâché d'exciter en elles.

Il est en général utile pour opérer la guérison, de ne pas contredire trop ouvertement les idées et les opinions des malades. Une opposition trop directe ne sert qu'à aigrir le caractère de l'hypochondriaque , et à le confirmer dans ses opinions erronnées (1). Un dégré de complaisance qui fait témoigner une légère approbation réussit très-souvent. Quand l'imagination des malades n'est pas heurté par une trop forte opposition , elle corrige souvent

(1) Sæpius tamen assentiendum quam repugnandum est , paulatimque et non evidenter ab his quæ stultè dicuntur ad meliora mens adducenda. Cels. III, 18.

Mandandum quoque ministris qui eorum errores consensu quodam accipientes corrigant , ne aut omnibus consentiendo augeant furorem eorum visa confirmantes aut rursum repugnando exasperent passionis augmentum ; sed inductivè nunc indulgeant consentientes , nunc insinuando corrigant vana , recta demonstrantes. Cæl. Aur. 1 , c. V.

ses erreurs elle - même. A la vérité, si les fonctions des sens éprouvent un dérangement considérable, il faut alors approuver entièrement toutes les opinions du malade.

Il est aussi fort convenable de procurer aux malades des récréations et des amusements, et tout ce qui peut exercer avec modération les facultés du corps, ainsi que celles de l'ame.

Cœlius Aurelianus veut, pour cet effet, qu'on entretienne l'Homme de Lettres avec des questions (1) philosophiques; qu'on parle au fermier d'agriculture, et au marin de ce qui concerne la mer. On pourra divertir certains malades avec des jeux de hazard. Ceux qui ont du goût pour la musique (2), y

(1) Tunc proficiente curatione erunt pro possibilitate meditationes adhibendæ, vel disputationes.

Ei autem qui litteras nescit immittendæ quæstiones erunt quæ sunt ejus Artis propriæ, ut rustico rusticationis, Gubernatori navigationis; ac si ex omni parte ineris fuerit curandus, erunt vulgaria quædam quæstionibus tradenda, vel calculorum ludus. Cæl. Aur. I, 5.

(2) Quorumdam discutiendæ tristes cogitationes, ad quod symphoniæ et cymbala, strepitusque proficiunt. Cels. L. III, 18.

trouveront un remède efficace, et dont les anciens Médecins n'ont pas négligé de faire mention.

GENRE LXVII.

La Manie.

CETTE maladie diffère de la précédente, en ce que les malades qui en sont attaqués déraisonnent sur tous les sujets, au lieu que dans la mélancolie, ce n'est qu'à l'égard d'un seul objet que la raison paroît (1) altérée. Quelques-

(1) Cette distinction ne paroît pas exacte. Il y a des Maniaques qui ne déraisonnent aussi que sur un seul objet. Je vais insérer ici un extrait d'une lettre que j'avois écrite pour être insérée dans le Journal de Paris, au sujet du dénouement de Nina ou de la Folle par Amour, dont il étoit alors question dans ce Journal. J'ignore quelles raisons empêchèrent que cette lettre ne fût imprimée. Il étoit d'une assez grande importance de rectifier les idées du public sur cet objet.

La manie, ou ce qu'on nomme vulgairement la folie, est définie par les Médecins, *delirium sine febre*, délire sans fièvre. C'est un état permanent dans lequel, sans que les fonctions vitales soient lézées, l'homme extravague, fait de faux jugements, a de fausses sensations. Cette définition exclut toute espèce de délire produit par la fièvre, l'ivresse,

uns

uns des remèdes qu'on emploie dans la mélancolie peuvent aussi être utiles dans la manié.
Le but qu'on doit se proposer, c'est d'effacer

etc. pendant lequel les fonctions vitales éprouvent plus ou
moins de dérangement. L'affection qu'on nomme hypochondriaque, n'est pas comprise dans cette définition. Les
étouffements, les syncopes, les convulsions, les divers
dérangements de l'économie animale annoncent un état
différent de celui des maniaques. Une suppression chez les
femmes, une perte considérable peuvent encore occasionner
un délire passager; mais ce délire cesse à mesure que les
fonctions se rétablissent. Le dérangement du système physique est donc la cause qui produit cette altération de la
raison. Elle reprend tous ses droits aussitôt que les organes
cessent d'être affectés. Le maniaque, au contraire, se porte
bien. Il exécute bien toutes les fonctions corporelles. Il a
beaucoup de force, et l'on observe sur les cadavres des
maniaques que les fibres musculaires sont très-compactes.
Dans cet état l'homme supporte, sans en être incommodé,
toutes les intempéries de l'air. Loin que le mouvement de
la circulation soit augmenté; j'ai trouvé en général une
lenteur marquée dans le pouls de plusieurs fous que j'ai
examinés. Sauvage dit que le sang des maniaques est très-
visqueux, et cette observation peut rendre raison en partie
de cette lenteur du pouls. La dissection du cerveau d'un
homme fou n'offre aucune lésion dans cet organe qui puisse
causer la folie; tandis que dans le cerveau d'un homme
qui n'aura jamais déraisonné, on trouve souvent des dépôts,
des épanchements, etc.

Ces principes étant posés, on peut donc dire que le fou

H

les fausses impressions qui ont été faites sur l'esprit du malade par d'autres encore plus fortes. C'est d'après ce principe qu'une immer-

hypochondriaque, le fou par maladie, diffère essentielle-ment du maniaque. Guérissez sa maladie ; il cessera d'être fou. Le célèbre Paschal étoit fou hyponchondriaque. On sait qu'il voyoit sans cesse un abyme à son côté. Cette vision étoit chez lui l'effet d'un état de maladie habituel, comme l'histoire de sa vie et sa mort prématurée en offrent la preuve.

La manie, proprement dite, n'est pas guérissable, du moins jusqu'ici n'a-t-on pas de preuves de guérison bien constatée. On sait que cette maladie a quelquefois des in-tervalles, qu'on a pu prendre pour une guérison complette. Je me souviens que lorsque je vis pour la première fois les fous renfermés à Bicêtre, c'étoit un fou qui nous suivoit de loge en loge, et nous expliquoit la folie de chacun de ces maniaques. Nous pensions que c'étoit un homme de bon sens, lorsque nous fûmes tirés de notre erreur par le gardien des fous qui nous dit que cet homme étoit aussi fou que les autres, mais qu'il étoit alors dans son bon sens. L'affection hypochondriaque même est sujette à des retours. En général tout organe qui a cédé une fois à une cause qui a dérangé ses fonctions, peut y céder une seconde fois. Un homme qui a craché le sang, quoique guéri, est sujet à le cracher de nouveau. Un homme qui a souffert une attaque d'apoplexie, est exposé à une rechute. L'at-tentat commis sur la personne du Roi d'Angleterre, par une femme qui avoit donné des marques de folie, et dont on ne se défioit pas, prouve combien il est dange-

sion soudaine dans la mer , où l'on retient le malade assez de temps pour lui faire craindre de se noyer , est un remède conseillé par Boërrhaave , et que Celse ordonne aussi qu'on emploie les effets de la terreur et d'une violente agitation de l'ame.

Il arrive heureusement que dans plusieurs cas, les personnes maniaques sont très-craintives. Ceux qui sont chargés d'en avoir soin savent bien se prévaloir de cette disposition de l'esprit des malades. On observe souvent que les fous , malgré le dérangement de leur raison , font une grande attention à leur sûreté personnelle , et que les menaces les forcent d'agir et de parler d'une manière raisonnable.

reux de ne pas veiller sur les lunatiques ou maniaques périodiques. Venons à Nina.

Nina est folle , maniaque décidée. Tous les baisers du monde ne peuvent rien pour guérir cette maladie. Ils peuvent bien plutôt la procurer ; s'il faut s'en rapporter à Rousseau sur l'influence du premier baiser si chaudement peinte dans la nouvelle Héloïse. Il en est de même du Roi Léar tout aussi fou à la fin de la pièce qu'au commencement , malgré qu'il ait l'air d'être rentré dans son bon sens. Peut-être ne devroit-on pas offrir aux yeux du peuple un spectacle qui tend à lui donner des idées fausses dont l'effet peut devenir très-dangereux. *Note du Traducteur.*

GENRE LXXVI.

Le Scorbut.

Le scorbut offre un exemple remarquable de l'influence des passions de l'ame. Cette maladie est toujours suivie d'abattement et de découragement , ce qui fait qu'il est très-essentiel pour la guérison de s'opposer à cet état de l'ame et de tâcher de la relever (1).

On remarque , dans le Voyage du Lord Anson, d'après une expérience réitérée, que tout ce qui décourageoit les matelots, et leur faisoit perdre l'espoir, augmentoit la maladie. Ceux qui étoient dans les derniers périodes de l'affection scorbutique mouroient , et les

(1) Sunt autem præsertim hoc in numero (causarum morbi scilicet) graves animi, per anxiam curam, tristitiam, et mærorem diuturnum , inductæ perturbationes. Sic Eugalenus constanter prædicere ausus est , eos facilè omnes quos cum crassiori victûs ratione , diuturnior mæror exercuit, ad scorbuticum malum esse proclives. Cui adsentitur Willisius, qui nonnullos fortuito timore perculsos, scorbuticos evasisse observavit. Hoffm. de Scorb. et ejus verâ indole.

matelots qui, quoique malades, pouvoient encore faire leur service, étoient obligés de garder leur hamac. En sorte que, comme l'observe très-bien l'Auteur de ce Voyage, la gaieté et la confiance étoient les meilleurs préservatifs de cette maladie (1). Le journal de M. Ives offre encore un exemple remarquable des bons effets de la satisfaction de l'ame et du plaisir dans les affections scorbutiques. Comme la flotte Angloise entroit dans la baie de Theres (en Février 1744) nos gens voyant qu'il y auroit bientôt un combat entre les deux flottes, en furent extrêmement réjouis ; ceux qui étoient malades, ainsi que les soldats et matelots bien portants, donnèrent les plus grandes marques de satisfaction. Tous les symptômes de scorbut diminuèrent dès ce moment d'une manière étonnante, tellement que le 11 Février, jour auquel nous livrâmes bataille aux flottes combinées de France et d'Espagne, tous nos gens se trouvèrent à leurs postes à la réserve de quatre ou cinq (2).

Le siège de Breda, en l'an 1625, offre un

(1) Voyage d'Anson, p. 111, c. 2.
(2) Journal d'Ives, Février 1744.

H iij

exemple encore plus frappant. » Cette ville ;
après un long siège, fut livrée à tous les maux
que peuvent produire, la fatigue, la mauvaise
nourriture, et le découragement. Dans cette
extrêmité la garnison paroissoit disposée à se
rendre. Le Prince d'Orange, désirant beaucoup
de conserver cette place, et ne pouvant pas
y faire passer des secours, trouva cependant le
moyen de faire parvenir dans la ville des lettres
adressées à la garnison, dans lesquelles il
promettoit de venir la secourir au plutôt. Avec
ces lettres, il envoya des remèdes qu'il disoit
avoir achetés un très-grand prix, et qu'il assuroit
être d'une efficacité merveilleuse contre le
scorbut. Cette tromperie produisit des effets
étonnants. On donna à chaque Médecin trois
petites fioles de ce remède. On publia que trois
ou quatre gouttes de cette liqueur suffisoient
pour communiquer sa vertu à quatre peintes
d'eau. Ce fut alors que nous nous mîmes à
débiter nos baumes souverains. Les Officiers
mêmes et le Commandant de la garnison
n'étoient pas dans le secret, et furent, ainsi que
les simples soldats, dupes de cet artifice. On
nous entouroit en foule, et chacun demandoit
qu'on lui réservât une part de ce remède pour
son usage. La joie se manifeste sur tous les

visages , et l'on témoigne la confiance la plus entière pour ce puissant anti scorbutique. L'effet ne tarda pas à se faire remarquer , et un grand nombre de malades fut bientôt entiérement rétabli. Plusieurs de ces scorbutiques , qui depuis un mois , ne pouvoient pas remuer leurs membres , se promenoient dans les rues , paroissant avoir recouvré toutes leurs forces. D'autres , dont la maladie n'avoit fait qu'empirer après tous les remèdes qu'on leur avoit fait prendre, furent entiérement guéris dans peu de jours, après avoir fait usage de ce qu'ils appel-loient , le remède du Prince. Cette curieuse relation , ajoute le Docteur Lind (1), paroîtroit incroyable si elle n'étoit pas d'accord avec les observations nombreuses qu'on a faites sur cette maladie , et les descriptions exactes qu'on en a données. Ce récit est fait par un témoin oculaire , par un Auteur dont on ne peut révoquer en doute la candeur et la véra-cité , et qui , comme il nous l'apprend, tenoit un journal exact de l'état des malades. Il n'auroit pas montré tant de surprise de ces guérisons inattendues , s'il eût été mieux instruit de la nature de cette maladie.

(1) Lind on the Scurvy.

H iv

Ce fait , ajouté l'excellent Médecin , qu'on vient de citer , donne une leçon bien importante sur l'efficacité et l'influence des passions dans les maladies du corps humain. On n'y fait pas ordinairement assez d'attention dans le traitement. On attend la guérison seulement de l'action des remèdes , sans appeller à son secours l'influence de l'imagination et des diverses affections de l'ame. De-là il arrive que le même remède ne produit pas toujours le même effet , quoique donné à la même personne , et que des remèdes ordinaires ont quelquefois un succès étonnant dans les mains d'un charlatan hardi (1) , tandis qu'employé par un Médecin timide (2) , qui n'a pas sçu inspirer de la confiance au malade, il manque totalement son effet.

(1) M. Mercier , avec cette touche franche et originale qui caractérise son style, fait ainsi le portrait de l'empirique. « L'empirique a la parole hardie, l'œil sûr ; il fait tourner son malade, lui bat l'épaule, s'empare de son imagination ; et en le félicitant d'ê.re venu le trouver , il a déjà changé la situation de son esprit ». Tableau de Paris, Tom. VI, Ch. XCIII. Empiriques. *Note du Traducteur.*

(2) Les Gens de l'Art savent que le pronostic, en cette partie de la Médecine, qui apprend à présager les événements dans les maladies, est une science des plus

Genre XCI,

L'Ictère ou la Jaunisse,

IIᵉ Espece,

L'Ictère Spasmodique.

On étoit tellement persuadé autrefois que la jaunisse avoit le plus souvent pour cause les

conjecturales. Le plus habile est celui qui se trompe le moins souvent. Un Médecin qui a sa réputation à ménager ne peut pas avoir le ton décisif de l'empirique. Il doit prendre ce ton avec le malade, dire la vérité à ceux que l'événement de la maladie peut intéresser, en leur recommandant de ne point montrer leurs craintes au malade. Enfin il doit avertir ou faire avertir le malade à temps, pour qu'il puisse mettre ordre à sa conscience et à ses affaires. *Præcipe domui tuæ.* C'est ce qu'il y a de plus délicat et de plus pénible dans les fonctions du Médecin. On observe qu'après cette fatale annonce l'état du malade empire visiblement. *Note du Traducteur.*

affections de l'ame, que la (1) jalousie et (2) la colère sont souvent désignées par les symptômes qui suivent cette maladie ou par les organes qui sont snpposés en être le siège. Il est très-vrai qu'elle est souvent le produit de (3) ces passions, même dans ce pays, et vraisemblablement cela doit encore arriver plus souvent dans les pays chauds. Il est difficile d'assigner la raison pour quoi ces passions produisent cet

(1) Cum tu Lydia Telephi

    Cervicem roseam, et cerea Telephi

    Laudas brachia, væ meum

    Fervens difficili bile tumet jecur.

               HORAT. Od. LI. Od. 13.

(2) .... Ut mihi sæpè

    Bilem; sæpè jocum vestri movere tumultus.

               HORAT. Epist. LI. Epist. 19.

    .... Calido sub pectore mascula bilis

    Intumuit.

               PERSII Sat. LV. 145.

(3) Hoffman rapporte un cas dans lequel la jaunisse fut causée à diverses reprises, par des émotions violentes de l'ame.

        De Cachexiâ histericâ. Obs. V.

effet (1) , et c'est peut être un de ces secrets de la nature auquel notre foible intelligence ne

(1) Quoiqu'on doive se défier des hypothèses en Médecine, et de tant d'explications vagues que donnent les Auteurs qui ont voulu remonter à des causes trop éloignées, cependant on peut tâcher d'expliquer certains faits par d'autres qui y sont relatifs. Par exemple, on sait que les passions qui tiennent le plus au système de l'animalité et sont communes à tous les animaux, comme la colère, la jalousie, l'amour de sa progéniture, exercent leur influence sur l'épigastre ou sur le centre nerveux du diaphragme, comme pensent quelques physiologistes, à la tête desquels on doit mettre M. de Seze, Auteur d'un excellent Ouvrage intitulé : *Recherches sur la Sensibilité.* On dit communément d'une personne sensible qu'elle a des entrailles. Cela posé, les plexus nerveux du foie étant affectés de spasme à l'occasion de quelqu'une de ces passions, les vaisseaux sécrétoires s'obstruent ; la bile reflue dans la masse du sang ; de-là la jaunisse, etc. Dans les pays chauds, la fibre est plus sèche, plus roide et plus irritable. Il y a plus de parties sulfureuses et volatiles dans les humeurs, ce qui produit une plus grande abondance de bile. La réunion de toutes ces causes rend ces sortes de maladies plus communes dans les pays chauds. Un effet assez singulier, et que je ne crois pas qu'aucun Physiologiste ait remarqué, c'est la contraction spasmodique de la membrane qui enveloppe les testicules contraction qui fait éprouver une vive douleur dans certaines affections de l'ame, sur-tout certains genres de terreur qui paroissent produire particulièrement cet effet. *Note du Traducteur.*

peut atteindre. Nous pouvons remarquer
cependant que les obstructions qui arrêtent le
cours de la bile sont fréquentes dans les cli-
mats chauds, où la colère et la jalousie sont
des passions très exaltées. Il n'est pas aisé de
décider, si dans ces cas elles agissent comme
causes ou bien comme effets, ou si elles sont
l'un et l'autre alternativement.

GENRE CVI.

*La Nostalgie (1) vulgairement appellée maladie
du Pays.*

C'est ici le dernier exemple et peut être le
plus remarquable des effets des passions de
l'ame sur le corps. La nostalgie, ou le désir de
revoir son pays, lorsqu'on en est éloigné, est
une maladie qui attaque particulièrement les
Suisses, quoique toutes les Nations y soient
plus ou moins sujettes (2), et surtout celles

(1) De deux mots grecs νοσος, retour, ἄλγος, douleur.
Maladie causée par l'envie de retourner dans son pays.

(2) Virgile, si touchant dans ses tableaux, quand il
peint les plus douces affections de l'ame, représente un
guerrier expirant sur le champ de bataille, et répand un

qui jouissent de la liberté sous un gouvernement doux et modéré. Cette maladie se déclare
par une grande tristesse, un amour pour la solitude, et un continuel silence. Le malade perd
totalement l'appétit ; ses forces sont tout-à-fait
abattues ; une fièvre étique le consume, son
corps est souvent couvert de taches livides et
pourprées. La fièvre , quelquefois intermittente
et quelquefois continue, qui accompagne cette

charme sur ses derniers moments, en y mêlant l'image de
sa chère Patrie ,

Et dulces moriens reminiscitur Argos.

Quoique Gresset n'ait pas eu, dans le lyrique, le succès
brillant qu'il a obtenu dans le genre badin, il y a pourtant
des images touchantes et assez d'harmonie dans son Ode
sur l'Amour de la Patrie. Voici comme il peint l'homme
mourant dans un pays étranger.

Oui, dans sa course déplorée,
S'il succombe au dernier sommeil ,
Sans revoir la douce contrée
Où brilla son premier soleil,
Là son dernier soupir s'adresse ,
Là son expirante tendresse
Veut que ses os soient ramenés ,
D'une région étrangère
La terre seroit moins légère
A ses mânes abandonnés.

Note du Traducteur.

maladie, demande à être traitée avec le plus grand ménagement pour ne pas épuiser les forces par aucune espèce d'évacuations. La nausée et le vomissement sont des symptômes qu'on remarque assez ordinairement ; mais les émétiques ne produisent aucun bon effet. Le quinquina donné en forme d'opiat est le meilleur des remèdes ; mais quand la maladie est bien violente ; le retour dans sa Patrie est le seul moyen de guérison pour le malade. Cette dernière ressource est si efficace que les seuls préparatifs pour le retour suffisent pour redonner des forces au malade , quoiqu'il fut affoibli au point de ne pouvoir souffrir que le mouvement d'une litière (1). Les personnes de la plus basse classe ne sont pas exemptes de

(1) Quelquefois le malade paroît si parfaitement rétabli ; qu'on croit pouvoir se dispenser de le faire retourner dans sa Patrie , lorsqu'il est avantageux pour lui d'en demeurer éloigné ; mais le malade, ainsi trompé dans ses espérances ; retombe tout-à-coup dans la langueur ; et cette rechute est ordinairement mortelle , et ne donne ni le temps, ni le moyen d'employer la ressource efficace qui avoit si bien réussi. C'est à quoi l'on doit faire la plus grande attention dans les Pensions et Collèges où l'on reçoit des enfants qui viennent d'une province ou d'un pays éloigné. *Note du Traducteur.*

cette maladie. M. Sauvages nous dit qu'il a vu des enfants de mendians qui n'avoient en Suisse d'autre habitation que les rues et les grands chemins, attaqués de la nostalgie aussi bien que des personnes qui possèdent dans leur pays un rang et de la fortune. Il y a une composition musicale particulièrement en vogue dans la Suisse (1), faite pour exprimer le bonheur

(1) Le Docteur Falconer veut sans doute parler ici du *rans des vaches*, air célèbre parmi les Suisses, et que leurs jeunes bouviers jouent sur la cornemuse en gardant le bétail dans les montagnes. Voici ce qu'en dit Rousseau dans son Dictionnaire de Musique, article *Musique*. « On chercheroit en vain dans cet air les accents énergiques capables de produire de si étonnants effets. Ces effets qui n'ont aucun lieu sur les étrangers, ne viennent que de l'habitude, des souvenirs de mille circonstances, qui retracées par cet air à ceux qui l'entendent, et leur rappellant leur pays, leurs anciens plaisirs, leur jeunesse et toutes leurs façons de vivre, excitent en eux une douleur amère d'avoir perdu tout cela. La Musique n'agit point alors comme Musique, mais comme signe mémoratif ». Rousseau a certainement montré beaucoup de sagacité dans cette explication. Cependant on est étonné qu'au défaut des accents énergiques, qu'on ne doit pas trouver dans une simple musette, il n'ait pas fait remarquer la gaieté mélancolique et le caractère montagnard qu'offre cet air, où d'ailleurs il y a des mouvements bien contrastés, ce qui ne devoit pas peu contribuer à produire les effets qu'on dit qu'il opéroit. *Note du Traducteur.*

du peuple. Si ce morceau de musique est
exécuté parmi des Suisses transplantés dans un
pays étranger, cette chanson leur inspire un tel
désir de revoir leur Patrie, qu'ils en tombent
malades et meurent de chagrin ; c'est pourquoi
il a été défendu, sous peine de mort, de jouer cet
air dans les Régiments Suisses qui sont en
France.

Jusqu'ici nous avons considéré les affections
de l'ame, comme produisant dans certaines circonstances de bons ou de mauvais effets. Il n'y
a pas lieu de douter qu'elles ne produisent un
effet général dans l'état d'une parfaite santé, mais
alors elles agissent comme cause stimulante ou
affoiblissante, sans paroître avoir aucune propriété marquée, qui les distingue des autres
causes qui influent sur l'économie animale.
L'hydropisie, l'atrophie nerveuse, et plusieurs
autres maladies, en sont quelquefois les suites ;
mais leur opération en général lente et indé-
terminée, produit seulement un affoiblissement dans les forces vitales. Les maladies dont
j'ai parlé sont celles où l'influence de l'ame se
montre de la manière la plus directe et la plus
manifeste. Peut-être on pourroit y ajouter plusieurs autres dérangements de la machine
humaine,

humaine, mais l'Auteur ne donne cette dissertation que comme une esquisse imparfaite
de plusieurs objets peu connus, dont on doit
désirer qu'une main plus habile trace bientôt
un tableau plus achevé.

La question proposée, par la Société de
Médecine peut, je crois, être étendue jusqu'à
ce qui regarde la conduite que le Médecin
doit tenir avec son malade, indépendamment
des remèdes et du régime de vie qu'il lui prescrit. Sa commission est de la plus grande étendue & renferme tout ce qui peut tendre à rétablir
améliorer la santé (1). Parmi tous ces

(1) On peut dire que le Gouvernement ne donne point
assez de part aux Médecins dans l'administration civile.
M. Géraud, Docteur Régent de la Faculté de Médecine,
s'exprime ainsi sur ce sujet, dans son *Essai sur un nouveau
Combustible*, où l'on trouve des vues neuves et d'une
grande importance pour le bien public, pag. 97. « Il est
maintenant peu d'endroits en Europe, où les Sciences et
les Arts ne soient plus ou moins cultivés ; mais tous les
gens en place ne sont pas encore instruits, notamment dans
les Sciences Physiques : aussi les diverses et immenses lumières que les travaux multipliés, soit des anciens, soit des
modernes, ont fait naître, n'ont pas été autant utiles à la
société qu'elles pourroient l'être, si dans chaque grande ville
il existoit, comme dans celles de la Chine, un Conseil de
santé composé de Magistrats, de Médecins, de Physiciens
et d'un certain nombre d'Artistes et d'Artisans. Ce Tribunal

I

articles, la manière dont il doit se comporter envers ceux à qui il donne ses soins est de la plus grande importance, et demande qu'il y fasse une attention toute particulière.

La compassion envers les malheureux est d'une obligation générale ; mais elle est un des devoirs les plus essentiels d'une profession, qui a pour but de soulager les plus grands maux auxquels l'humanité est exposée.

Cependant il ne suffit pas que le Médecin soit d'un caractère bienfaisant et sensible, il faut encore qu'il s'étudie à prouver à son malade que non-seulement il possède ces qualités, mais

auroit pour but l'homme, dont l'espèce chaque jour se dé-grade et s'affoiblit de plus en plus. Il feroit tous ses efforts pour le ramener à son ancienne vigueur, que nos mœurs corrompues nous font regarder aujourd'hui comme une fable.

Dans une des notes du même Ouvrage, l'Auteur offre un exemple d'un de ces détails de police qui demandent essentiellement l'œil du Médecin. « Souvent l'indigent se nourrit des viscères de différents animaux, comme poumons, le foie, la rate, etc. L'œil de l'observateur fixé sur le banc des tripières, reconnoît dans ces parties les traces de plusieurs dépôts et autres affections morbifiques ». pag. 142.

On n'ajoutera aucune réflexion à ce passage ; il est aisé de voir quelles idées nouvelles il peut suggérer au Magistrat chargé de veiller à la conservation des Citoyens. *Note du Traducteur.*

encore qu'il sait les mettre en pratique de la
manière la plus tendre et la plus prévenante.
L'affabilité, la douceur, dit un Auteur rempli
d'humanité, font que l'approche du Médecin est regardée comme celle d'un ange
tutélaire, envoyé pour porter la paix et la
consolation; tandis que les visites d'un Médecin
dur et insensible ressemblent à celles d'un ministre de vengeance et de destruction.

Il ne faut pas néanmoins que cette compassion
soit portée à un tel dégré qu'elle trouble le
bonheur particulier, dont le Médecin peut
jouir, ou qu'elle affoiblisse la force de son
jugement, et l'empêche d'employer toute sa
sagacité pour le soulagement du malade.

C'est pour cette raison que les Praticiens les
plus expérimentés ne balancent point de demander l'avis de leurs Confrères dans les maladies
qui surviennent aux personnes de leur famille,
et à leurs amis intimes, sachant bien que l'intérêt qu'ils prennent à l'événement est un des
plus grands obstacles qu'ils aient à vaincre pour
assurer le succès.

Une des choses les plus essentielles auxquelles
un Médecin doit faire attention, c'est de se
procurer, et de tâcher de conserver la plus

grande autorité sur le malade et sur ceux qui l'entourent. Nous terminerons cette Dissertation par quelques réflexions sur ce sujet.

Il y a des Médecins qui s'efforcent d'acquérir cette autorité en affectant une rudesse dans les manières et même dans le langage, ainsi qu'un ton très - décisif dans leurs opinions et très-absolu pour exiger la plus entière soumission à leurs ordonnances. Quoique cette conduite soit indigne d'un Médecin , elle a quelquefois du succès ; mais quand la première impression a eu le temps de s'effacer, les personnes qui réfléchissent sont portées à examiner sur quelle base sont appuyées ces hautes prétentions , et si le succès , comme il arrive souvent, ne répond pas à ces grandes promesses , alors l'illusion s'évanouit , et l'on ne regarde plus le Médecin que comme un imposteur qui veut prendre un caractère qu'il n'est pas en état de soutenir.

D'autres ont tâché de se rendre agréables au malade , et de gagner sa confiance par un excès d'attention et d'assiduité; ils entrent dans les détails les plus petits et les plus fastidieux, sur tout dans ce qui a rapport au régime.

Cette conduite, quoiqu'elle flatte quelquefois

le malade en lui prouvant le zèle et l'attention du Médécin, produit néanmoins assez souvent des inconvénients très-marqués. C'est une maxime ancienne et approuvée, qu'une vie entièrement dirigée par les règles de la Médecine est une vie très-misérable ; aussi les Praticiens les plus judicieux, donnent la plus grande étendue possible aux loix, qu'ils prescrivent relativement à la diete. Ils s'efforcent autant qu'ils peuvent, de rapprocher le régime du malade de la manière de vivre des gens en santé, pour lui donner le moins d'occasions qu'il est possible de s'appercevoir de son état. C'est à ce dernier effet que tend la conduite de ces Médecins trop occupés des petits détails, et qui par une foule d'ordonnances minutieuses inspirent l'inquiétude au malade, dont ils éloignent ainsi le rétablissement.

On doit d'ailleurs considérer qu'il suffit qu'une chose soit défendue pour que l'on en ressente le plus vif désir. Le malade qui aura transgressé les ordres du Médecin sur quelque petit article, et n'en aura pas été sensiblement incommodé, part de-là pour contrevenir aux défenses qui lui ont été faites sur les articles les plus essentiels.

La maxime du Président de Montesquieu,

que » les loix qui rendent nécessaires des choses qui par elles-mêmes sont indifférentes, ont l'inconvénient de rendre indifférentes les choses qui sont absolument nécessaires » ; cette maxime, dis-je, peut être appliquée à la Médecine aussi bien qu'à la Législation.

Il seroit trop difficile pour l'Auteur de cette Dissertation d'assigner le genre de conduite qu'un Médecin doit tenir dans de pareilles circonstances. D'ailleurs, une telle discussion excéderoit les bornes qui doivent limiter cet Essai, et seroit même d'autant plus déplacée, que le feu Docteur Gregory a traité amplement cette matière, et qu'un Médecin pourra puiser dans son Ouvrage les meilleures règles de conduite qu'il doit observer à l'égard de ses malades (1).

(1) On a jugé à propos de ne pas traduire les quatre dernières pages de cette Dissertation, qui ne sont qu'un Eloge purement Académique du Docteur Fothergill. Cet Eloge ne peut rien ajouter à l'idée que le Lecteur a dû se faire de ce célèbre Médecin, d'après le préambule de cette Dissertation, et sur-tout d'après son Epitaphe. *Note du Traducteur.*

APPROBATION.

J'AI lu par ordre de Monseigneur le Garde des Sceaux, un manuscrit intitulé : *de l'Influence des Passions sur les Maladies*, par M. William Falconer, traduit de l'Anglois par M. de la Montagne. Je n'y ai rien trouvé qui puisse en empêcher l'impresson. A Paris, ce 10 Septembre 1788. BOSQUILLON.

PRIVILEGE DU ROI.

LOUIS, PAR LA GRACE DE DIEU, ROI DE FRANCE ET DE NAVARRE, à nos amés & féaux Conseillers les Gens tenant nos Cours de Parlement, Maîtres des Requêtes ordinaires de notre Hôtel, Grand-Conseil, Prévôt de Paris, Baillifs, Sénéchaux, leurs Lieutenants Civils, & autres nos Justiciers qu'il appartiendra : SALUT. Notre amé le sieur DE LA MONTAGNE, Docteur en Médecine, nous a fait exposer qu'il désireroit faire imprimer & donner au Public, une Traduction de l'Anglois d'un Ouvrage intitulé : *de l'Influence des Passions sur les Maladies du Corps Humain*, par M. WILLIAM FALCONER, Docteur en Médecine, s'il nous plaisoit lui accorder nos Lettres de Privilége pour ce nécessaires. A CES CAUSES, voulant favorablement traiter l'Exposant, nous lui avons permis & permettons par ces présentes, de faire imprimer ledit Ouvrage autant de fois que bon lui semblera, & de le vendre, faire vendre & débiter par tout notre Royaume. Voulons qu'il jouisse de l'effet du présent Privilège, pour lui, & ses hoirs à perpétuité, pourvu qu'il ne le rétrocède à personne ; & si cependant il jugeoit à propos d'en faire une cession, l'acte qui la contiendra sera enregistré en la Chambre Syndicale de Paris, à peine de nullité, tant du Privilége que de la cession ; & alors, par le fait seul de la cession enregistrée, la durée du préfent Privilége fera réduite à celle de la vie de l'Expofant, ou à celle de dix années, à compter de ce jour, fi l'Expofant décède avant l'expiration defdites dix années ; le tout conformément aux articles IV & V de l'arrêt du Confeil du 30 Août 1777, portant Réglement fur la durée des Priviléges en Librairie. Faifons défenfes à tous Imprimeurs, Libraires & autres perfonnes, de quelque qualité & condition qu'elles foient, d'en introduire d'impreffion étrangère dans aucun lieu de notre obéiffance, comme auffi d'imprimer ou faire imprimer, vendre, faire vendre, débiter ni contrefaire ledit Ouvrage fous quelque prétexte que ce puiffe être, fans la permiffion expreffe & par écrit dudit expofant, ou de celui qui le repréfentera, à peine de faifie & de confifcation des exemplaires contrefaits, & de fix mille livres d'amende qui ne pourra être modérée pour la première fois; de pareille amende & de déchéance d'état en cas de récidive, & de tous dépens, dommages & intérêts, conformément à l'Arrêt du Confeil du 30 Août 1777, concernant les contrefaçons : à la charge que ces préfentes feront enregiftrées tout au long fur le regiftre de la Communauté des Imprimeurs & Libraires de Paris, dans trois mois de la date d'icelles ; que l'impreffion dudit ouvrage fera faite dans notre Royaume & non ailleurs, en beau papier & beaux caractères, conformément aux Réglemens de la Librairie, à peine de déchéance du préfent Privilége ; qu'avant de l'expofer en vente, le manufcrit qui aura fervi de copie à l'impreffion dudit Ouvrage, fera remis dans le même état où l'Approbation y aura été donnée, ès mains de notre très-cher & féal Chevalier Garde des Sceaux de France le fieur BARENTIN, qu'il en fera enfuite remis deux exemplaires dans notre Bibliotheque publique; un dans celle de notre Château du Louvre, un dans celle de notre très-cher & féal Chevalier Chancelier de France le fieur DE MAUPEOU, & un dans celle dudit fieur BARENTIN ; le tout à peine de nullité des préfentes. Du contenu defquelles vous mandons & enjoignons de faire jouir ledit Expofant & fes hoirs pleinement & paifiblement, fans fouffrir qu'il leur foit fait aucun trouble ou empêchement. Voulons que la copie des préfentes, qui fera imprimée tout au long, au commencement ou à la n dudit Ouvrage, foit tenue pour duement fignifiée, & qu'aux copies collationnées par l'un de nos amés & féaux Confeillers-Secrétaires, foi foit ajoutée comme à l'original. Commandons au premier notre Huiffier ou Sergent fur ce requis, de faire pour l'exécution d'icelles, tous actes requis & néceffaires, fans demander autre permiffion, & nonobftant clameur de Haro, Charte Normande, & Lettres à ce contraires : Car tel eft notre plaifir. Donné à Paris, le quinzième jour du mois d'Octobre, l'an de grace mil fept cent quatre-vingt-huit, & de notre Règne le quinzième. Par le Roi, en fon Confeil. *Signé*, LE BEGUE.

Je fouffigné, reconnois avoir cédé & tranfporté à M. KNAPEN fils, mes droits au préfent privilége. A Paris, le 16 Octobre 1788. DE LA MONTAGNE, Docteur en Médecine.

Regiftré le préfent Privilége, enfemble la Ceffion d'icelui ci à côté fur le Regiftre XXIV de la Chambre Royale & Syndicale des Libraires & Imprimeurs de Paris, N°. 1782, fol. 39, conformément aux difpofitions énoncées dans ledit Privilége ; & à la charge de remettre à ladite Chambre les neuf Exemplaires prefcrits par l'arrêt du Confeil du 16 Avril 1785. A Paris, ce 21 Octobre 1788.
KNAPEN, *Syndic.*

LIVRES NOUVEAUX

Qui se trouvent à Paris, chez KNAPEN
*Fils, rue Saint André, en face du
Pont Saint Michel ; et chez* la Veuve
DELAGUETTE et Fils, *rue de la Vieille-
Draperie.*

ÉTRENNES DE MNÉMOSYNE ou Recueil
d'Epigrammes et de Contes en vers, 1788.
Prix 1 liv. 4 sols, port franc pour la Province.

Il paroîtra chaque année dans le courant de
Décembre un Volume de cet Ouvrage ; le
second est sous presse ; le premier, celui de
1788 a réuni les suffrages de la Capitale et de
la Province ; nous osons le dire, nous ne
l'avançons pas vaguement : et l'on peut lire les
jugements qui en ont été portés dans le Journal
de Paris, du 25 Décembre 1787 ; le Mercure,
du 5 Janvier 1788 ; l'Année Littéraire, n°. 3.
1788 ; le Journal Encyclopédique, du 15
Février 1788 ; le Journal de Nancy, n°. 26,
1787 ; le Journal de Guyenne, du 6 Janvier
1788 ; le Journal de Normandie, du 16 Février
1788 ; le Journal de Saintonge et d'Angoumois,

du 27 Janvier 1788 ; les Affiches de la Province du Perche , 1788 , etc. , etc. , etc.

Répertoire Universel , Portatif, d'Augustin Rouillé , *in-8°*. 2 vol. Prix 10 liv. 4 sols, port franc.

Répertoire Anglois , *in-8°*. 2 vol. 5 liv. , port franc.

Théorie des Matières Féodales et Censuelles , 8 vol. *in-12*. Prix 21 liv. 10 sols : les Tom. 5 , 6 et 7 se vendent séparément.

Dissertation sur cette Question : Est-il des moyens de rendre les Juifs plus utiles et plus heureux en France ? Ouvrage couronné par la Société Royale des Sciences et des Arts de Metz ; par M. Thiery , Avocat au Parlement de Nancy. Prix 1 liv. 10 sols, port franc.

De l'Influence des Passions sur les Maladies du Corps Humain, par M. William Falconer, Docteur en Médecine, Membre de la Société Royale de Londres , et Correspondant de la Société de Médecine de la même Ville : Dissertation qui a obtenu, en 1787 , la première Médaille fondée en l'honneur du Docteur Fothergill, dans la Société de Médecine de Londres, traduit de l'Anglois, par M. de la Montagne, Docteur en Médecine. Prix 1 liv. 16 sols, port franc.

La Visite d'Eté ou Portraits Modernes ; par l'Auteur de Georges Bateman et Maria, 2 vol. trad. de l'Anglois, par M. de la Montagne, Auteur de plusieurs Ouvrages Dramatiques. Prix 3 liv., port franc.

Dictionnaire de Musique, dans lequel on simplifie les expressions et les définitions Mathématiques et Physiques qui ont rapport à cet Art, avec des Remarques impartiales sur les Poëtes Lyriques, les Versificateurs, les Compositeurs, Acteurs, Exécutants, etc. avec cette Epigraphe :

Les Discours trop savants ne parlent qu'aux oreilles.

par J. J. O. de Meude-Monpas, Chevalier. Prix 3 liv., port franc.

Réponse à la Question proposée par

M. l'Abbé Raynal, adressée à l'Académie de Lyon :

Les richesses toujours ont causé nos malheurs.

Par J. J. O. de Meude-Monpas, Chevalier. Prix 12 sols, port franc.

La Mort de Moliere, Pièce en trois Actes, en vers, reçue à la Comédie Françoise, le 31 Janvier 1788. Prix 1 liv. 4 sols, port franc.

Détails authentiques, relatifs à la tenue des Etats-Généraux, en 1614, au commencement de la majorité de Louis XIII, tirés du Mercure françois et de l'intrigue du Cabinet. Les Etats-Généraux de 1614 sont les derniers qui ont été tenus en France ; ils paroissent devoir dans les circonstances actuelles, fixer plus particulièrement que les autres Assemblées de ce genre, l'attention et la curiosité des Citoyens de chaque ordre. On verra, sans doute, avec quelqu'intérêt, les noms et qualités de tous les Députés dont ils furent composés, le cérémonial qu'on observa à leur ouverture, les objets qui y furent discutés, et le résultat des opérations qu'ils occasionnèrent. C'est-là le tableau que l'Editeur s'est proposé de mettre sous les yeux de ses lecteurs. Prix 1 liv. 4 sols, port franc.

Fables Nouvelles, par M. Richaud Martelli, avec cette Epigraphe de la Fontaine, tirée de la quatrième Fable du huitième Livre :

Le monde est vieux, dit-on ; je le crois : cependant
Il le faut amuser encor comme un enfant.

1788. Prix 1 liv. 4 sols, port franc.

Lucinde ou les Amants traversés, Histoire presque véritable, 1788. Prix 1 liv. 4 sols, port franc.

Délassements Champêtres ou Elite de Poësies Pastorales, traduites de l'Allemand, par M. Paillet, Avocat en Parlement, 1788. Prix 1 liv. 10 sols, port franc.